光文社文庫

乗りかかった船

瀧羽麻子

Contents

海に出る

海は穏やかに凪いでいる。水面に朝の陽ざしが降り注ぎ、きらきらとまぶしく輝いている。広々としたドックも、その片隅に立つクレーンも、そろいのヘルメットをかぶり砂色のつなぎを着てきびきびと動き回る作業員たちも、清潔な白い光に包まれている。

事務所の最上階にあたる七階の会議室からは、南向きの窓越しに港が一望できる。岸につながれた真新しい大型客船を見下ろして、晴れてよかった、と野村雄平は思った。大切な日だ。雨が降らない限り、中止にはならないはずだが、天気がいいに越したことはない。

窓ガラスに顔をくっつけるようにして、ぴかぴかの甲板に目をこらしていたら、背後でドアの開く音がした。

「おはよう」

会議室に入ってきた部長は、びくりとして振り向いた雄平を見て、少し驚いた顔をした。電気がついていなかったので、誰かいると思わなかったのだろう。

「おはようございます」

全開にしていたブラインドを、雄平はあわてて元どおりに下ろした。ひさしの向きも戻す。部屋の中がさっと暗くなり、一瞬、視界が赤黒く染まった。

「早いですね」

入口の壁についている蛍光灯のスイッチを押して、部長が言った。

雄平は浅くうなずいた。のどが詰まったように声が出てこない。この上司と向きあうと、ときどきこうなる。部長は温厚で物静かだけれど、温厚で物静かな五十代の管理職ならではの、得体の知れない威圧感を漂わせている。

部長の背後、ドアの真上にかかっている時計を、さりげなく見やる。朝会がはじまるまで、あと三十分近くある。

ひょっとしたら部長は、先客がいたことだけでなく、それが雄平だったことにも驚いたのかもしれない。ふだん雄平は、始業時刻の八時ぎりぎりにすべりこむ。

「ちょっと一本喫ってきます」

口の中でもそもそと言い、雄平は部長の横をすり抜けて会議室を出た。

一階まで降りて、建物の裏手にある喫煙所で一服した。目の前には駐輪場が広がっている。始業時刻が近づくにつれて、自転車の数が増えていく。

喫っているうちに、七階に戻る気が失せてくるのはいつものことだ。

のろのろと名残惜しく一本を喫い終え、上りのエレベーターを待っていたら、後ろからぽんと肩をたたかれた。

「おはよう」

資材調達部の村井だった。会社に入ってまもない頃、一緒に仕事をしたことがある。雄平よりふた回り以上も年上のベテランで、強気な交渉で外部業者からはおそれられているらしい。強面のいかつい大男とひきあわされたときには雄平も怖気づいたけれど、意外にも社内の新人に対しては親切で面倒見がよく、仕事はやりやすかった。一度、飲みにも連れていってもらった。村井は雄平の仕事への不安や不満に耳を傾けた上で、威勢よく励ましてくれた。営業ってのは全部のはじまりになる大事な役目だよ、自信とプライドを持ってやれ、と。

「おはようございます」

「ひさしぶりだな。どう、相変わらず忙しいの?」

村井はもう知っているのか、それともまだ知らないのか。あわただしく頭を働かせた末に、雄平はあいまいに首をかしげるにとどめた。

「ええ、まあ」

「そうか。ま、仕事があるのはなにより」

村井が日焼けした顔をほころばせ、雄平の背中をばしんとはたく。

「その調子で、じゃんじゃん契約取ってきてくれよ。君らにがんばってもらわないと、こっちもどうにもならんから」

村井には、まだ知られていないらしい。相槌を打ちあぐねている雄平に、村井は大声でたたみかける。

「だけど営業も人手不足なんじゃないの。部長のこともあったしな。うちももう大変、回んない。若いの二、三人入れてくれってずうっと言ってるのに、完全に無視だよ」

次の言葉を、雄平は予測できてしまった。うつむいて待つ。

「ったく、人事はなに考えてるんだよなあ」

おなじみの文句だった。喫煙所で、食堂で、執務室で、社内のありとあらゆる場所で、耳にする。

人事はなに考えてるんだよ。

雄平も、新人研修を終えて配属が決まったときには、同じことをつぶやいた。まず胸の中で自分自身に向けて、そして気心の知れた同期との雑談では、はっきりと声にも出して。

工学部で機械工学を専攻し、大学院まで出たというのに、なぜ営業に回されるのか、わけがわからなかった。就職活動のときから、造船会社を志望した動機は船造りにかかわれるためだと明言していた。三カ月間の研修でも、特に目立つ失敗をした覚えはなかった。なんでおれが営業なんですかね、とこわごわ研修の担当者に聞いてみたところ、適材適所ですよと満面の笑みで言われた。新入社員の分際で、それ以上は食いさがれなかった。

人事はなに考えてるんだよ。その後も、年に一度の定期異動の季節がやってくるたびに、雄平はそうぼやくはめになった。

同期入社の仲間は十人中八人が理系の出身で、そのうち雄平以外の全員が設計部か建造部に所属している。この六年間に、船首の設計を担当していたのが機関室になったり、建造部の中で組立課から塗装課に配置転換されたりといった動きはあるものの、営業部に異動してくる者は誰もいなかった。

同期どうしの飲み会で、彼らの愚痴を聞かされるにつけ、雄平はいちいちいらだった。品質保証課が地味な検査ばかりでつまらないと言えば、船体設計課は毎年くるくると変わる船体構造の法規についていくのがひと苦労だと訴え、船装課はエンジンルームの計器計測をしていると暑さと騒音で倒れそうになるとこぼす。しかしながら雄平から見れば、どれも理系職には変わりなかった。船を造りあげる工程にちゃんとかかわれているのに、文句を言うなんてぜいたくすぎる。

それでも最初のうちは、希望も捨てていなかった。将来の異動に備えて、船舶関係の技術や法令についてこつこつと勉強し、社内でも情報収集を怠らなかった。さすがにあきらめが勝つようになったのは、営業第二課で三年足らずを過ごし、ようやく出た辞令ですぐ隣の第一課に移されたあたりからだろうか。

観念したせいもあったのか、ちょうどその頃から少しずつ営業の仕事をおもしろく感じられるようになってきたのは、不幸中の幸いだった。業務には直結しないと知りつつも積み重ねてきた技術面の基礎知識も、顧客とのやりとりや建造側との調整においてはそれなりに役立った。理系の素養がある人間が営業にいてもらえると助かる、とほめられもした。認められてうれしいやら、必要以上に重宝されてはますます身動きが取れなくなるのではないかと不安になるやら、複雑な心境だった。

やがて、日々の仕事をあわただしくこなすうち、よけいなことを深く考える時間も余裕もなくなってきた。いつのまにやら入社六年目に突入し、三十歳を迎えた頃には、じかに船の建造に携わりたいという意欲もかなり薄れていた。

二度目となる異動の内示を受けたのは、三カ月ほど前、三月の半ばのことだ。

例年どおり、社内にそこはかとなく浮き足だった雰囲気が漂いはじめても、雄平はどこか他人(ひと)ごとのような気がしていた。直属の上司だった営業第一課長に、ちょっといいか、と肩をたたかれるまでは。

ひとあたりがやわらかく、口が達者で次々と冗談を飛ばして商談の場を和ませる課長の目は、よく見るとめったに笑っていない。なにかやらかしてしまったかといつもなら身がすくむところだが、そのときばかりは違った。雄平は彼について、ふわふわした足どりで会議室に向かった。心臓がどきどきとうるさかったけれど、悪い胸騒ぎではなかった。

異動したいという望みは、薄れたわけではなかったのだった。本当はずっと、待っていた。とうとう船出のときがやってきたのだ。念願かなって、やっと海に出られる。

ちん、と音がして、エレベーターのドアが開く。

「そうだ、今日のあの船、さっき見てきたよ。さすがにでっかいなあ」

ぱらぱらと降りてきた数人を先に通しながら、村井が言った。

「あれって野村もかかわってたんだよな？　世界一周もできるんだっけ？　豪勢な話だよな。そんな優雅な船旅、一生に一度でいいからしてみたいもんだ」

一方的にまくしたて、うっとりと首を振っている。

「じゃあな。また飲もう」

巨体に似合わず敏捷な身のこなしで、村井はすばやくエレベーターに乗りこんでいった。雄平も身を縮め、ぎゅうぎゅう詰めの箱へ体を押しこんだ。誤解を正しそびれてしまって、すっきりしない反面、ほっとしてもいた。

エレベーターは各階ごとにもれなくとまり、村井は三階で降りていった。雄平は八時きっかりに、七階に着いた。

会議室に駆けこみ、隅にひとつだけ空いていたパイプ椅子にそそくさと腰かける。定員十名の部屋に、部内の正社員と契約社員を合わせた総勢十二人が入ると、やや窮屈だ。奥の窓際に部長が座り、その隣に課長がひかえている。常に柔和な笑みを絶やさない大柄な部長と、銀縁めがねの奥でつり目を光らせている小男の課長は、ふたり合わせて「たぬきときつね」と陰で呼ばれている。

ブラインドから光の筋が細くさしこんでいる。日が高くなるにつれ、おもては一段と明るくなっているに違いない。今日も暑くなりそうだ。急な通り雨がないことを祈りたい。

「では、人事部の朝会をはじめます」

部長が声をかけ、私語がやんだ。

朝会の後、雄平はデスクに寄ってパソコンと資料を取ってから、その足でまた一階に降りた。

今度は喫煙所のある北側の通用口ではなく、南側の正面玄関のほうへ向かう。入口をくぐってすぐに受付があり、その奥に会議室がいくつか設けられている。

二階から七階までの執務フロアにも、各階ごとに大小の会議室があって、社員どうしでの通常の打ちあわせは基本的にそこで行われる。社外の取引先との会議や、大規模な研修のときにだけ、一階の部屋を予約して使うことになっている。

受付の前にはすでに、スーツ姿の若い男女が数人、所在なげに立っていた。白いシャツに黒のスーツを身につけ、かばんも靴も髪も黒く、全員そっくりに見える。朝早くから、ご苦労なことだ。新卒採用の会社説明会は九時半からなので、まだ一時間近くもある。開始の十五分前に予定していた開場時刻を、少し早めるべきかと思案しつつ、雄平は彼らの前を通り過ぎた。遠慮がちな視線を感じる。

就職活動中の学生というのは、どうしてこうも初々(ういうい)しいのだろう。街や電車で見かける大学生と思(おぼ)しき若者は、往々にしてふてぶてしく騒がしいのに、説明会にやってくるリクルートスーツの面々は、羊みたいにおとなしい。もちろん、その全員が根っからおとなしいというわけではないと、雄平自身も経験者として承知している。まじめな学生もふまじめな学生も、しかるべき時期がくれば、こぞって髪を黒く染めて羊になる。

そして、しおらしい顔をしているからといってゆだんしてはならないというのが、きつね課長の言である。

彼らは何社もかけもちで就職試験を受けている。会社が学生を選ぶ一方で、学生も会社を選ぶのだ。だから彼らは緊張しながらも、会社を幾分なめてもいる。しかも今どきは、なにか不適切な言動があると、インターネットであっというまに悪評が拡散してしまう。優秀な候補者はもちろん、そうでない学生も丁重に扱い、わが社の魅力をあますところなく伝え、興味と好意を持ってもらうことが、「人事の腕の見せどころ」らしい。

雄平にも課長の言い分はわからなくもない。仕事である以上は、きちんと役目を果たさなければならないとも思う。とはいえ、「駒」だの「情報戦」だの「心理的なかけひき」だのと不穏な言葉をまじえて発破(はっぱ)をかけられても、やる気は増すどころか萎(な)えていく。彼が直属の上司ではなくて助かった。人事部の中は大きく人事課と採用課に分かれていて、きつねは人事課の担当なのだ。採用課のほうの課長職は現在空席で、部長が兼任している。

ただし課どうしの垣根は低い。きつね課長は採用課の業務にも口を出してくるし、雄平自身も、採用といわば地続きになる新入社員研修を部分的に任されている。人事課に所属している契約社員が、採用活動を手伝ってもくれる。

そのひとりである桜木(さくらぎ)が、会場となる大会議室の入口に長机を出していた。

「開場を十五分前じゃなくて三十分前に前倒ししませんか」

雄平が持ちかけると、彼女は無表情でうなずいた。

「わかりました」

異動してきた直後、これが桜木の地顔だとは知らなかった雄平は、なにか機嫌をそこねるような失態を犯してしまったかと気をもんだ。じろじろ見すぎたのかもしれないと反省もした。

なにせ美人なのだ。小さな色白の顔に、人形めいた大きな瞳と赤いふっくらした唇が、バランスよくおさまっている。スタイルもいい。手足がすんなりと長く、ふくらむべきところはふくらみ、くびれるべきところはくびれている。背丈は雄平より少し低いくらいなのに、腰の位置はずいぶん高く、つい後ろ姿にみとれてしまう。

「じゃあ、よろしくお願いします」

仏頂面(ぶっちょうづら)は気にせず言い置いて、雄平は会議室に入った。前方に大きなスクリーンを下ろし、プロジェクターの電源を入れる。起動を待っている間に、持参したパソコンをつなぎ、投影するスライド資料のファイルを開いた。

資料は前任者の置いていったものをほぼそのまま流用している。引き継ぎをしてもらう機会がなかったのは気がかりだったけれど、構成も内容もわかりやすく整理されていて、読めば理解できた。スライドごとに話すべき要点のメモまでつけてあり、他人が作ったものにしてはとても使い勝手がいい。もうひとつの主要担当業務である新人研修のほうでも、同じく置き土産(みやげ)を使わせてもらった。

前任者がいなくなってから雄平が配属されるまでの間には、ひと月の空白があったそうだ。異動にしては中途半端な時期なので、辞めたか、もしくは休職しているかだろうが、丁寧に作りこまれた資料を見る限り、突然のことだったのではないかという気がする。彼は自分で説明するつもりでこれを作ったのではないか。こまごまと書き入れられた注釈からして、きちょうめんな性格だろうとも推測できた。

推測するだけでなく、部内の誰かにたずねれば本当のところを確かめられるけれども、なんとなく聞けずじまいになっている。そういうことが、人事部では多い。公には言えないことや、言うべきでないことが、決して晴れない霧のように雄平たちの頭上をもやもやと漂っている。

毎日、驚くほどたくさんの社員が部長のデスクを訪ねてきては、ひそひそと深刻そうに耳打ちする。せっぱつまった目つきの者や、話しながら顔を真っ赤に染めている者もいる。なんと、時には社長までやってくる。はじめて見かけたとき、どこかで見たような顔だなと思って眺めていたら、社長、おつかれさまです、と課長がふだんより一オクターブ高い声で挨拶したので度肝を抜かれた。

どんな相手でも、部長はあわてず騒がず、仏様のようにすまして聞いている。話が長びく場合には、自席のすぐ背後にある小会議室へと入っていく。この部屋は、部内では「たぬき小屋」という呼び名でとおっている。ドアが閉まるのを見届けた部の人間は、それとなく目を見かわしてから、なに食わぬ顔で業務を続ける。

念のため資料を最初から最後までスクリーンに投影し、不備がないのを確認し終えると、やることがなくなった。

説明会も三度目なので、流れは頭に入っている。受付は桜木がうまくさばいてくれるから、手伝う必要もない。手伝おうとしたらむしろ迷惑顔をされる。見かけによらず、などと口に出すと人事的にやっかいな事態を招くため言えないが、桜木は仕事ができる。ものすごく、できる。

部長のデスクに限らず、人事部にはひっきりなしに社員がやってくる。たいがい、入口の一番近くに座っている雄平が声をかけられて、休暇取得の手続きだの、住宅補助の申請だの、扶養家族の変更だの、雑多な用件を聞くはめになる。新米の身にはほとんどなにもわからない。そんなときに最も頼りになるのは、部長でも課長でも他の正社員でもなく、桜木だった。どんな問いあわせでも、手続きの方法をはじめ、申請用紙や添付書類や承認者まで、即座にすらすらと教えてくれる。雄平もかたちばかりメモを取ったりもするものの、どうにも興味を持てないせいか、すぐに頭から抜け落ちてしまう。

「そろそろ入れます」

ドアが薄く開いて、その桜木が顔をのぞかせた。相変わらず、にこりともしない。雄平にだけことさら冷たいわけではなく、他の社員に対しても、無愛想な態度は一貫している。立場や年齢が上だろうが下だろうが、関係ないようだ。容姿も能力も申し分ないのにもったいない、とこれまた人事として絶対に口にしてはならないことを、雄平はこっそり思う。

「お願いします」

ドアを全開にして、その傍らに立った。受付の長机の前に、学生たちが列を作っている。桜木が参加者の名簿を手もとに広げ、先頭の男子学生に話しかけた。

「お待たせしました。お名前をいただけますか？」

数秒前とはうってかわって、女神のような笑顔を浮かべている。学生がぎこちなく目を泳がせ、小声で名乗った。

本当に、桜木は仕事ができる。感心しながら、中へどうぞ、自由席です、と雄平もよそゆきの声を作った。

説明会は定刻にはじめた。

短い挨拶と自己紹介をすませ、部屋の照明を落として、最初のスライドを映した。薄暗がりの中、スクリーンからこぼれる光が、学生たちの真剣な顔つきをほのかに照らし出している。年号の入った簡単な社史に自分も目をやって、雄平は口を開いた。

「まずは当社の成りたちをざっとお話しした上で、現在の事業内容を説明させていただきます」

北斗(ほくと)造船は、今年でちょうど創業百周年を迎える、中堅の造船会社である。

当初は北海道の小さな工場でほそぼそと木造船を造っていたが、順調に事業を拡大し、神奈川に本社兼造船所をかまえるまでになった。現時点で、社員の数は七百名を超えている。

「ご参考までに、こちらが造船業界の現状です」

スライドを切り替える。大手から中堅の造船会社について、規模や特徴を表にまとめてある。

造船会社とひと口にいっても、最新鋭の巨大貨物船や豪華客船を何隻(なんせき)も建造している大企業もあれば、小さな釣り船を専門に請け負う家族経営の工場もたくさんある。北斗造船は、規模では大手企業にかなわないながら、業界内では安定した地位を確立している。扱う船の種類も、タンカー、貨物船、フェリーなど、多岐にわたっている。

「飛行機での輸送も増えてきたとはいえ、日本ではいまだに貿易量の九五パーセント以上を海運が担っています。さらに今後もグローバル化の進展によって、国際的にも海上輸送の需要は増加が続くと見こまれます」

北斗造船に応募してくるのは、大学や専門学校で船舶系の勉強をしてきた者ばかりではない。いわば初心者向けに、この業界に関する基礎的な説明も盛りこんでいる。船は乗りものとしては身近でも、一般消費者が買い求める商品ではないので、一部の最大手を除けば、個々の会社の知名度はあまり高くない。雄平自身も、就職活動をはじめるまでは北斗造船の名前を知らなかった。

「当社は業界最大手には及びませんが、着実に業績を伸ばし、成長を続けています」

会社の沿革や特色、業界内での位置づけや今後の方向性については、人事部にくる前から頭の中に入っていたので、なめらかに説明できる。営業部に配属されてすぐにたたきこまれたのだ。顧客からたずねられたときに即答できないと、話にならない。言葉遣いや間(ま)あいの案配も、営業部時代に培(つちか)われたものかもしれない。商談だと細かく神経を遣ったけれど、学生相手ではさほどでもない。

予定どおり、十数ページの資料を三十分で説明し終え、雄平は照明をつけた。

「ここまででなにかご質問があれば、遠慮なくどうぞ」

学生たちは雄平から微妙に目をそらし、沈黙を守っている。

遠慮なくと言われたって、普通はなかなか思い浮かばないよな、と雄平も思う。北斗造船になにかしら強い思い入れがあれば別だが、他の企業や業種も手広く見て回っているはずの彼らに、そこまでの情熱はないだろう。

なにげなく部屋を見回してみて、ぎょっとした。いつのまにか、一番後ろの壁際に課長が立っていた。後方のドアから入ってきたようだ。

「どんな質問でもかまいません。せっかくなので、気になることがあればぜひ」

言い添えてみた。依然として手は挙がらない。

まあいいか、と雄平は気を取り直した。見当はずれな質問を投げられて、まごつくのも気まずい。さっさと切りあげてこれからの採用プロセスの話に移ろう、と考えた矢先、最前列に座っている利発そうな男子学生がさっと手を挙げた。

「野村さんが御社を選ばれた一番の理由はなんですか?」

意表をつかれた。これまでは、質問が出ても入社後の配属や業務内容や福利厚生といったところが多く、個人的なことを聞かれたのははじめてだった。

「造船に興味を持ったきっかけは、単純に船が好きだったからです」

慎重に答える。

「それから自分でも調べてみて、先ほども説明したとおり、将来性のある業界だと考えました。他社もいくつか回ったのですが、説明会や面接で社員と話すうちに、ここが一番やりたいことができそうで、社風も合いそうだと感じて決めました。アットホームで働きやすい職場だというのは、入社してからも実感しています」

模範解答だ。課長も満足そうにうなずいている。

学生相手の売り文句というわけでもなく、事実である。他の会社で働く友達の話を聞いても、北斗造船は社員どうしの仲がそうとういいほうだと思う。社内恋愛や結婚も多い。たとえば村井の妻は、研究職として一線で活躍していると以前聞いたことがある。愛妻家なんですよ、あの顔で、と村井の部下が飲み会の席で教えてくれたのだ。雄平の同期も、四人が職場結婚している。目下恋愛中の三人も、年齢的に時間の問題だと思われる。

「ありがとうございました」

質問をした学生は、あっさりと頭を下げた。どうしても知りたかったというよりも、今後の選考に備えて、積極的な態度を見せておこうとしただけなのかもしれない。そういう学生もときどきいる。ともあれ、やりたいことの中身を掘りさげずにすんだのは、助かった。

ひとつ質問が出たのが呼び水となったのか、また別のひとりが手を挙げた。

「お仕事で一番やりがいを感じるのは、どんなときですか？」

黒縁のめがねをかけた、きまじめそうな女子学生だ。少し考えて、雄平は答えた。

「やっぱり、担当した船が無事に完成して、お客様に引き渡せたときでしょうか」

今日がちょうど、その日である。

正式には、命名引き渡し式と呼ぶ。その名のとおり、完成した船の名を披露するとともに、船主へと引き渡すための記念式典だ。関係者を造船所まで招いて、大々的に行うのが恒例になっている。社員や地元の人々、一般の見学客にまで開放される場合もある。今回は北斗造船が扱っている中でも大型の、しかも華やかなクルーズ客船だということもあって、いつも以上に盛大な式になりそうだ。

式典は三時から、艤装岸壁に浮かべられた船の前ではじまる。あいにく直前まで会議が入ってしまっているけれど、どうにかまにあうように抜け出したい。

「他にも、なにか？」

めがねの女子学生が当惑したようにまばたきしているのに気づき、雄平はたずねた。船を引き渡すといきなり言われても、想像しにくかっただろうか。

彼女はおずおずと口を開いた。

「あの、人事部でも担当の船ってあるんですか？」

頬がかっと熱くなった。いいえ、と雄平は首を勢いよく横に振る。

「違います。僕、いやわたしは、営業部から異動してきたばかりなもので……」

しどろもどろで続けた。きょとんとしている学生たちの背後で、課長があからさまに顔をしかめた。


学生たちを送り出し、雄平が七階の自席に戻るなり、課長が近づいてきた。

「前半の説明、よかったです。とても聞きやすかった」

「ありがとうございます」

なるべく感じよく聞こえるように、しかし話は長くならないように、雄平は短く答えた。

彼はなにかにつけて、雄平に指導の言葉をかけてくる。若手を育てようという親切心だと承知してはいても、毎度人事の道について説かれるのは気が重い。

「あと質疑応答は」

課長は思わせぶりに言葉を切った。

「まあ、何度もやっているうちにうまくなりますよ」

そうだろうか。回数を重ねたところで、はたして人事部としての「やりがい」を語れるようになるのか。雄平にはまるで自信が持てない。

「やりがい、とはね。なかなか深い質問ですよね。難しいなあ」

口ではそんなふうに言っても、この課長ならたやすく答えられるのだろう。新入社員のときから二十年間、ずっと人事ひと筋でやってきたと聞いて雄平はぞっとしたが、専門職ですからね、と彼は得意そうに相好(そうごう)をくずしていた。

確かに人事というのは特殊な部門である。人材を育成するべく、他部署に比べて出入りも少ないと知って、雄平はさらにぞっとした。なんの知識も経験もないのに放りこまれたのは、とりあえず前任者の穴埋めのため、つまり臨時の措置に違いない。けれど万が一、なにかの間違いで、ずるずると脱出できなかったらどうしよう。

「わたしの場合はやっぱり、従業員たちの人生にかかわれることが、一番のやりがいですかね」

課長がうきうきと言い放ち、雄平はげんなりした。

そのとおりだ。人事の決定は、社員の人生を左右する。異動に加えて、個人の業績評価と査定も、一般社員にとっては死活問題となる。

そうして一喜一憂させられる側の気持ちを、課長は想像してみたことがあるのだろうか。たとえば大学時代の友達と集まって、どんな仕事をしているかという話になったときの屈辱を。三十代になったというのに、十年近くもつきあっている恋人にプロポーズする踏んぎりをつけられない焦燥(しょうそう)を。

「われわれの判断が、ひとりひとりにとって非常に大きな意味を持ちますからね」

課長が細い目をいっそう細める。雄平はいよいよ暗澹とした気分になった。

彼はきっと、想像している。想像した上で、万能の神を気どっているのだろう。無邪気に社員の人生をいじって、悦に入っている。いじられるほうはたまったものではない。そんな思いあがりがにじみ出ているせいで、人事はなに考えてんだよ、と陰口もたたかれるのだ。

なに考えてんだよ。雄平も、声を大にして言いたい。どうしておれが、人事なんだよ。

この三カ月間、おそらく何百回と考えたことだ。人事に比べれば、営業のほうがまだよかった。図面をひいたり船体に直接さわったりするわけではなくても、ちゃんと船にかかわれてはいた。これが自分の担当した船だと、胸を張って言えた。それがどれほど誇らしいことか、今ならよくわかる。

さっき説明会で答えたことは全部本当だ。子どもの頃から船が好きだった。だから造船会社を志望した。研修で広大な工場を案内してもらって圧倒され、建造中の船を見上げて感動した。おれたちで力を合わせて、こんなにでかいものを造れるんだな、と同期と興奮して言いあった。

雄平以外の皆が、その言葉を実践し、自分の経歴と能力を活かして働いている。なぜか雄平だけが、どんどん変な方向に流されている。こんな仕事をするために、この会社に入ったわけじゃないのに。

「でも、全体としては悪くなかったですよ」

雄平の浮かない顔つきをどう勘違いしたのか、課長が励ますようにつけ足した。

「野村さんも、人事がだんだん板についてきましたね」

さもすばらしいほめ言葉のように、言う。

雄平はこぶしをぎゅっと握った。息を深く吸い、そろそろと吐き、覚悟を決めて口を開こうとしたとき、

「課長」

と、だしぬけに低い声がした。

「はんこ、お願いできますか。ここところに」

向かいの席で桜木が腰を浮かせ、机越しに書類を突き出していた。

指定された時刻よりも五分ほど早く、雄平が「たぬき小屋」のドアを開けると、小島(こじま)はもう中にいた。いかにも心細そうに、隅っこの椅子に腰かけている。

「おつかれ」

雄平は声をかけた。小島が表情を和らげ、軽く会釈した。

「おつかれさまです」

四月に入社してきた新卒の社員は、九人いる。彼らのために、入社式の翌日から一週間かけて行われたオリエンテーション研修の一部を、雄平は担当した。会社紹介やビジネスマナーといった講習の傍ら、昼食や休憩の時間に雑談したり、懇親会で一緒に飲んだりしているうちに、全員と親しく口を利くようになった。その後はおよそ三カ月間の現場研修が続き、毎日顔を合わせるわけではないが、人事部の窓口として状況は確認している。

研修がつつがなく進んでいるかを確かめるため、隔週で行われている人事面談にも、いくつか出た。それぞれ一対一で、そう堅苦しいものでもなく、話題はさまざまな方向に飛んだ。会社や仕事に対する感想や質問、新社会人としての戸惑いや苦労、私生活の悩みや相談、そして今後の配属への希望、うれしいこともつらいこともあけっぴろげに話してくれる新入社員たちと接し、雄平はしみじみとなつかしくなった。雄平も、内定者時代や入社した直後は、人事の担当者にいろんなことを話したものだった。

新人たちにこうやって心を開いてもらえるのは、たぶん今のうちだ。

「うああ、緊張してきた」

小島がうめく。大丈夫だよ、と励ましてやりたいのを、雄平はこらえた。いいかげんなことは言えない。言いたくもない。

三カ月の研修を経て、今日ようやく、七月一日付の配属に先立つ内示が告げられるのである。

新人の配属先は極秘扱いになっている。人事部長、課長、その下で働く人事課の担当者ふたり、あとは受け入れ先の部署の責任者しか知らない。研修担当の雄平もまったく無関係というわけではないので、しつこく聞けば教えてくれるのかもしれないけれど、どちらかといえば知りたくなかった。九人全員の希望を、雄平は把握している。期待どおりでなかった場合、本人より先に失望を味わうなんてまっぴらだ。

新入社員の中でも、この小島はとりわけ雄平によくなついている。研修でも飲み会でも、必ず雄平のそばへ寄ってくる。今後の勉強にもなるから、内示の場に同席したらどうかと部長がすすめてきたのは、それもふまえてのことかもしれない。

生来のひとなつこい性格や、とにかく船が好きだという共通点に加え、小島が雄平を慕ってくる大きな理由はもうひとつある。

彼は営業部を志望しているのだ。億単位の商品を売りこむというスケールがたまらないという。大学時代に留学経験もあるそうで、英語も堪能だ。快活でものおじせず、口がうまいところといい、目をひく美男ではないが好感度の高い、ととのった目鼻だちといい、自分よりもよほど営業職向きだと雄平はひそかに考えている。本人も、採用面接のときから一貫して営業をやりたいと主張し続けてきたのではぼ決まりだと思う、と話していた。自信ありげにそう言われたとき、しかし雄平はいやな予感がした。どこかで聞いたような話だったからだ。

悪い予感は、あたった。

時間ぴったりに部屋へ入ってきた部長に、翌月からの配属先を知らされて、小島はしばし呆然としていた。

「なんで、資材調達なんですか？」

消え入りそうな声で、つぶやいた。部長は淡々と答えた。

「会社全体の要員の状況をもとに、適材適所を検討しました。その結果、資材調達が最も小島さんに活躍してもらえる場所だと考えています」

小島は白い顔で唇をかみしめた。そして、がばりと立ちあがって部屋を出ていった。

雄平も思わず椅子から立った。隣に座っていた部長と目が合った。とめられるかと思いきや、部長はひとつうなずいただけだった。

エレベーターホールで小島に追いついた。

「小島」

雄平は呼びかけた。暗い表情で振り返った小島と向きあい、なんと言おうか考えていなかったことに気づく。

「野村さんも知ってたんですか？」

「いや。今はじめて聞いた」

小島は無言でうつむいた。信じていないようだった。

もっとも、雄平が知っていたとしても知らなかったとしても、同じことだ。雄平はもはや信頼を失ってしまった。人事部の一員として。

「おれ、なんか悪いことしましたかね？」

小島がぶつぶつと言った。自問自答めかした口ぶりに、うっすらと非難の響きも聞きとれる。

「小島に問題があるわけじゃない。これは会社の状況しだいだから」

とりなすつもりで、雄平はさえぎった。要員状況、と部長は言っていた。あれはたぶん、営業部には現在空きがないという意味だ。

思いあたるふしはなくもない。営業部隊の規模は、雄平が入社した六年前が最大だった。それまでの数年間、全社の戦略として、営業を増強しようという気運が盛りあがっていたそうだ。ただし、おそらくそこで景気よく増やしすぎたために、以降はぐっと落ち着いた。

毎年現状を維持するか、もしくは少しずつ減っていた。

それが最近になって、また人数がしぼられた。去年の春に新社長が就任してから風向きが変わった、というのがもっぱらの評判だ。営業よりも技術部門に注力すべしという方針らしい。おまけに、雄平が異動する直前に、営業部長がいきなり辞職した。表向きは一身上の都合ということだったけれど、上層部とそりが合わなくてくびになった、いや激昂して自分から辞表をたたきつけたのだ、とさまざまな憶測がささやかれている。

そのあたりの事情を、雄平は小島に伝えていない。業務内容やこれまでにまとめた契約については、問われるままに説明したが、どちらかといえば前向きな話が多かった。配属先がどんな状況でも、行けと命じられれば行くほかないのに、妙な先入観や不安を持たせたくなかったのだ。でもこんなことなら、営業部には逆風が吹いている、と前もってにおわせておいたほうがよかったのか。

「もうだめだ。終わってる」

小島が肩を落とし、雄平はいたたまれなくなった。なるべく明るい口調を心がける。

「そんなに落ちこむなって。資材調達も楽しいよ。外部との会議や交渉も多くて、小島には向いてると思う。人手も足りないみたいだし、きっと歓迎してもらえるよ」

小島がじとりと湿った視線を雄平に向けた。

「野村さんはいいですよね」

ふてくされたように、言い捨てる。

「実際、営業部で働いてたんだから。しかも六年も」

おれは別に営業志望だったわけじゃない。人事の決定にしぶしぶ従ったまでだ。

言い返しそうになって、雄平はかろうじて思いとどまる。それは言ってはいけない気がした。人事部の人間としてではなく、先輩社員として。

「どうせ、おれなんか役に立たないと思われてるんでしょ。だから適当に、人手が足りない部署につっこまれたんじゃないですか」

「お前、なに言ってんだよ」

思いのほか、大きな声が出てしまった。

小島がおびえたようにびくんと肩を震わせ、目をふせた。のどもとまでこみあげてきた言葉を、雄平は息と一緒に飲み下す。

言いたいことは、もっといろいろあった。会社っていうのはこういう場所で、仕事っていうのはこういうもんだ。子どもじゃないんだから、たった一度、期待はずれの部署に配置されたからって、いじけるな。ろくに仕事もできない新人のうちからえり好みをするようじゃ、どこへいったって通用しない。

ともすれば口から飛び出しそうになる文句を、ありったけの自制心をかき集め、腹の中にひきずり戻す。かわりに、小島のつむじに向かって声をかけた。

「そんなこと言うなよ。小島は期待されてるよ」

後輩を思いやった、わけではなかった。いくら言葉を尽くして諭しても、今の小島には届かない。経験上――言った経験ではなく言われてきた経験上――わかっている。

「すいません」

案の定、小島は明らかにすまないとは思っていない口ぶりで、ぼそりと答えた。雄平とは目を合わせずに一礼し、やってきたエレベーターに乗りこむ。

エレベーターのドアが閉まるのを見送ってから、雄平はその場につっ立っていた。

「野村さん」

振り向くと、部長が立っていた。雄平の背中を押すように手のひらを添えて、

「行きましょう」

と、厳(おごそ)かに言った。

岸壁に設けられた式場には、北斗造船や先方のクルーズ会社の社員のほか、一般の見学客も大勢集まっていた。社員の家族と思(おぼ)しき母子連れも、近所からのぞきにきたらしい麦

わら帽子にサンダルばきのおじさんも、興奮ぎみに首を伸ばし、携帯電話やデジカメでさかんに新船の写真を撮っている。

「おひさしぶりです。いらしてたんですか」

よそゆき然としたツーピースを着て、重たげなかばんを抱えた小柄なおばあさんに、部長が挨拶した。社員の親か、ひょっとしたら祖母が、息子や孫の手がけた船をひとめ見ようと遠方からやってきたのかもしれない。

国歌が流れはじめると、周囲のざわめきが静まった。白い制服姿で演奏しているのは確か、市立大学の吹奏楽部だ。

雄平は部長たちから離れ、雛壇(ひなだん)へと近づいた。横一列に並べられた椅子に、ぱりっとした盛装の人々が座っている。北斗造船と先方、二社の関係者だ。向こうはアメリカの会社なので外国人が多い。契約のときに雄平も顔を合わせたから、何人かは見覚えがある。その背後には、濃紺と白に塗り分けられた、巨大な船がひかえている。船尾に記されている船名を覆うように、紅白の縞模様が入った垂れ幕がかけてある。

開会の挨拶と、船主への花束贈呈を経て、アナウンスが響いた。

「続きまして、船主ご令室による支綱(しこう)の切断を行います」

ピンク色のスーツを着た金髪の大柄な社長夫人が、雛壇を降りた。横に置かれた、腰ほどの高さの四角い台へと歩み寄る。

　式典の目玉ともいえる、船体と陸をつないでいる支綱を切る役目は、女性が担う。その昔、イギリスの軍艦の竣工式で、王女が航海の無事を祈念して船首に赤ワインの瓶を投げつけたというしきたりにちなんでいるらしい。

　小さな銀の斧が、ゆっくりと振りおろされる。支綱が切れ、つながれていたシャンパンの瓶が船首にあたって砕けた。

　わあっと歓声が上がった。

　光り輝くしぶきが、船の前途を祝福している。同時に、船尾のデッキに準備されていたくす玉が割れて紙ふぶきが舞い、さらにその左右から、色とりどりの紙テープが海面へシャワーのように降った。船名にかぶさっていた垂れ幕がするするとひきあげられ、深い紺の地に白抜きで記されたアルファベットが陽ざしにさらされると、ひときわ大きな拍手がわき起こった。

　気づけば雄平も、夢中で手をたたいていた。ぼう、と高らかに汽笛が鳴る。無数の風船が空に放たれ、風に乗って飛んでいく。

「いい船ですね」

　いつのまにか、部長が雄平の隣にいた。

「はい」

「野村さんの気持ちも、わかります」

「はい？」

遠ざかっていく船から部長へと雄平は視線を移した。

「わたしも、会社はそんなに甘いものじゃない、って言いたくなることはあります」

部長の声音はやわらかい。

「会社には会社の考えがある。でもやっぱり納得しにくいんでしょうね。若いひとは、特に」

ひりひりと顔がほてってきて、雄平はうつむいた。まだ右も左もわかっていない新入社員を相手に、おとなげなくむきになってしまったのを、見透かされた気がした。雄平自身、小島と同様に「会社の考え」に反発し落胆し、割りきれない気分で日々働いていることも。わかっている。小島に投げつけかけた非難は全部、自分に返ってくるのだ。そしてたぶん、だからこそ、あれほどかっとなってしまった。

「人事部は、不満ですか」

否定しようと口を開きかけ、また閉じた。とりつくろってもむだな気がした。

全社的に技術重視の風潮が高まりつつあると聞いて、あわよくばおれも、と雄平もはかない望みを抱いていたのだ。それなのに、異動先はどういうわけか人事部だった。どういうわけか——その意味するところは、なるべく考えないようにしてきた。小島の泣きごとを聞かされるまでは。

人数合わせのために配置された、と小島は卑屈に嘆いてみせた。それはまさに、おれのことなんじゃないか。おれこそ、必要とされていない人間なんじゃないか。

営業部の人数が減っても、仕事の量が少なくなるわけではなかった。限られた人員で回すには、ひとりひとりが人並み以上にできる人間でなければ困る。無能な人間はいらない。言うなれば雄平は、ずっと一緒に働いてきた上司や同僚たちに、見放されたのだ。無能というほどではないかもしれないが、この苦境において部に残したい戦力ではない、と。

考えただけで、その場にへたりこみそうになる。第一希望の部署ではなくとも、それなりにがんばってきたつもりだった。文句も、少なくとも公の場では、言わなかった。

「でも営業も、最初は不満だったんでしょう?」

部長の声に、含み笑いがまじった。雄平は顔を上げた。

「それでも、やりぬいた」

部長はなにもかも見通しているかのように、愉快そうに歯を見せている。ばつが悪いのも忘れて、雄平は抗議した。

「だって、やるしかないじゃないですか」

「まあ、そうですね。でも、神様は耐えられない試練を与えないとも言いますよ」

ひとを食った返事に、またか、と舌打ちしそうになる。きつねもたぬきも、神様きどりか。

「誤解しないで下さい」

部長は落ち着きはらって首を振った。

「わたしたち人事が神だと言いたいわけじゃない。人事だって、上に動かされています」

「じゃあ、社長が神様ってことですか」

それも腑に落ちない。えらいといっても、社長だって人間じゃないか。社員たるもの、社長のことは神としてあがめろとでも言いたいのか。

「違います。社長も動かされている」

「神様に？」

「いえ、会社に。会社は会社で、世界に動かされている。世界は、神様に動かされている」

なにやら禅問答みたいになってきた。なんだか脱力してしまい、雄平はため息をついた。

「結局、どうしておれが人事なんですか？」

「それはもちろん、適材適所です」

「……ですよね」

にこやかに断言され、力なくつぶやいた。まともに話すには、相手が悪い。

「人事部長としては、そうとしか言えません」

部長がふっとまじめな顔になった。左右を見回し、声を落とす。

「これからしばらくは、技術に力を入れていく時期です。人材も充実させたい。採用は、要（かなめ）です。優秀な技術系の学生をひきつけるには、人事にも理系出身の人間が必要です」

話の展開が読めず、雄平はぼんやりと聞き入った。

「だから、ひっぱらせてもらいました。営業課長にはさんざん渋られましたが」

「へ？」

「ただ、誰でもいいってわけじゃない。口下手（くちべた）や人見知りではつとまらない。会社を代表して説明や質疑応答を担当するわけだから、事業内容の理解や船に関する知識もほしい。そうなると、候補は限られてしまう」

あっけにとられている雄平の顔を、部長はひょいとのぞきこんだ。

「でも、野村さんの本来の希望も、ちゃんとわかっていますよ」

言われた意味が雄平の頭にしみこむまでに、少し時間がかかった。

「ほんとですか？」

声がうわずってしまった。もちろんです、と部長はにこにこして即答し、ついでのようにつけ加えた。

「希望をかなえられるかは、状況しだいですが」

たぬきおやじめ。

悪態をつきたいのを、雄平はなんとかがまんした。かわりに、それでも精一杯の皮肉をこめて、言ってみる。

「神様しだい、ですか」

部長が苦笑した。

「そうですね。大きな潮の流れは、われわれには変えられない」

困ったように眉を下げたその顔を、雄平はまじまじと見つめた。どうもひっかかる。なにがおかしいと具体的には説明できないけれど、しっくりこない。

もしや、部長が心にもないことを口にしているせいだろうか？　さっきの遠回しなほめ言葉だって、でまかせかもしれない。部下のやる気を引き出すために、口先だけでおだてるくらいのことは、たぬきならやりかねない。

不意に、勇ましい汽笛が鳴り響いた。部長がまた海のほうへ視線を戻し、ひとりごとのように続けた。

「でも、しかたない」

いつもどおりの凪を思わせる微笑が、戻っていた。

「もう海に出てしまってるんだから。どんな潮目でも、進むしかない」

雄平はあっと声をもらしそうになった。

違和感の正体が、わかったのだった。部長の困った顔を見たのは、はじめてだ。だからといって、化かし上手なたぬきの言葉を、まるごとうのみにするつもりはないけれども。

胸いっぱいに、潮のにおいを吸いこむ。生まれたての美しい船が、波に乗り、まっすぐな航跡を描いて水平線へと進んでいく。

舵(かじ)を切る

火花を眺めていると、落ち着く。次から次へと降り注ぐオレンジ色の光のしぶきに見入っているうちに、頭の中が空っぽになる。山奥の野原にひとりぼっちで寝転がって、満天の星空を見上げているような、しんと静かな気持ちになる。

作業服の胸ポケットの中で携帯電話が震え、佐藤由美はわれに返った。

溶接機をとめ、軍手を右だけはずし、電話をひっぱり出して画面を確認する。桜木からのメッセージだった。

〈ランチ五分遅れそう。ごめん！〉

溶接ってどんな感じなの、と桜木に質問されたことがある。山の中で星を眺めているみたいな気分になる、と正直に答えたら、不思議そうに首をかしげられた。

確かに不思議だ。

港に面した半屋外の工場は、ひっそりと静まり返った野原とは程遠い。耳栓なしでは耐えられない、すさまじい機械音がたえまなく鳴り響き、なにかを作っているというより力任せにこわしているように聞こえる。顔を上げれば、鬱蒼と茂った木々でも広々とした草原でもなく、作業場全体に張りめぐらされた足場や、そろいの作業服を着て持ち場についている同僚たちや、鉄板を山ほど積んだトラックが目に入る。建造中の巨大な船や武骨なクレーンに視界をはばまれて、その向こうに横たわっているはずの海は見えない。潮のにおいだけが、風に乗って運ばれてくる。

〈りょうかい〉

短く返信し、由美は軍手をはめ直した。清潔とはいえない手の甲で、汗ばんだ額を拭う。

六月に入って急に蒸し暑くなった。長袖のつなぎにヘルメットと安全靴、さらにゴーグルとマスクまでつけると、作業をはじめて五分も経たないうちに全身汗だくになってしまう。それでも、課長や先輩たちによれば、まだまだ序の口らしい。夏場は覚悟しておけとおどされている。今週から、由美はついに化粧もあきらめた。こちらは誰かから忠告されたわけではなく、自主的な判断である。わが建造部組立課には、由美以外に女性社員はひとりもいない。

壁にかかった時計と、途中まで接合できた鉄板を見比べる。昼休みまでのあと三十分ほどで、今やっている部分はしあげてしまおう。

十二時五分きっかりに、桜木は待ちあわせ場所にやってきた。

三階建てのひらべったい建物は、一階部分がコンビニで、その上が社員食堂になっている。二階の入口へと続く外階段の手前に、由美の他にも待ちあわせらしき人々が数人立っていた。

「ごめん、お待たせ」

早足で近づいてきた桜木が、両手を顔の前で合わせた。

「いいよ。わたしも今来たとこ」

由美はヘルメットを片手にぶらさげて、桜木と並んで階段を上りはじめた。背中に視線を感じる。周りは見渡す限り作業服の海だから、無理もないだろう。桜木のひまわり色の半袖ニットと、裾のふんわりふくらんだ白い膝丈(ひざたけ)のスカートは、波間にぽつんと浮かんだヨットさながらに目立つ。

「こっちこそ、いつもわざわざ来てもらってごめん」

北斗造船の本社兼造船所の敷地は、海岸線に沿って東西に細長い。桜木が働いている、東端の事務所から、かなり西寄りに位置するこの食堂まで、歩いて十分近くもかかる。事務所と現場を行き来する機会の多い職種だと、敷地内を自転車で移動しているのも見かける。

社員食堂はもう一カ所、事務所の中にもある。ふたつの食堂は、立地にちなんで「東(とう)

食（しょく）」「西食（せいしょく）」と呼ばれている。週に一度か二度、ふたりで昼食をとるときには、桜木は必ずこちらの西食まで足を運んでくれる。

「いいの、あたしがこっちに来たいんだから」

桜木が、これもいつものように、すかさず言い返してきた。

「西食のほうが定食の種類が多いし、海も見えるし」

美しいアーモンド形の瞳で見つめられると、同性ですら多少どぎまぎしてしまう。肌はなめらかに白く、唇はつやつやと赤く、まつげが驚くほど長い。めったに感情を顔に出さず、表情が変わらないのと相まって、どことなく人形めいている。桜木なら、たとえ汚れた作業服を着ていても、この美貌で結局は注目を集めてしまうかもしれない。

「あと、量も違うでしょ？　東食のメガ盛り、こっちだと普通の大盛りと変わらなくない？　値段は同じなのに」

桜木がそのほっそりした体形からはとうてい想像できない量を食べるのは、事実だ。一方で、西食まで来てくれる理由が食事の量や眺望だけではないことも、由美にはよくわかっている。

「ごめんね」

「だから、いいんだって」

桜木がかすかに口もとをゆがめた。

「佐藤はすぐそうやって気を遣う」

桜木こそ、と声には出さずに返し、由美は食堂のドアを開けた。営業時間やら新メニュウの案内やらが、べたべたと貼られている。

ふたり並んで、食券の自動販売機の前に伸びている列の最後尾についた。

昼食を出す店は会社の近所にもいくつかあるものの、予算と時間の都合で、大多数の社員は弁当か食堂ですませている。由美は事務所にいた頃は、毎日弁当を持参していた。実家の夕食の残りを適当に詰めこんだだけの、簡素なものだ。自分のデスクで食べたり、同じ弁当組の女性社員どうしで、会議室に集まったりもした。

ところが工場では、食べる場所が共用の休憩室しかない。愛妻弁当をむさぼるようにかきこんでいる男たちにまじり、黙々と食事をするのも落ち着かなくて、主に食堂を利用するようになった。一汁三菜の立派な定食が、コンビニでおにぎりと飲みものを買うよりも安いので、ありがたい。

カウンターで食券と引き換えにそれぞれの定食を受けとり、階段を上る。三階のほうが席数が多い。

十二時から一時までの昼休みには、食堂はおそろしく混みあう。それでも席を待つ時間がほとんどないのは、回転が速いからだ。午前中いっぱいを肉体労働に費やしてきた工員たちは、由美の何倍もの速さで定食をたいらげてしまう。

ましてや桜木が一緒なら、無敵である。

「あ、ここ、今空きますから」

三階に上がるなり、窓際のテーブルから声がかかった。

メガ盛り専用の、洗面器を思わせるどんぶりを片手に勢いよく立ちあがったのは、組立課の同僚だった。隣の班の副班長をやっている。高校球児みたいな坊主頭で、日頃はやたらに響く関西弁でところかまわず、それこそ高校生と大差ないような馬鹿話ばかりしているくせに、桜木の前ではぎくしゃくと挙動不審になる。立ったままで残りのごはんを猛然とかきこみ、お前も早よ食えや、と向かいの連れを急かしている。

「ありがとうございます」

桜木が微笑み、空いた席に自分のトレイを置いた。名残惜しげに去っていく彼らに会釈して、由美も腰を下ろす。窓の外には一面海が広がっている。

「いただきます」

そろって手を合わせ、箸をとった。ふたりとも、海老フライとポテトサラダにごはんと味噌汁と漬物のついたAランチ、大盛りにした。以前は由美だけ並を注文していたが、異動してからめっきり胃が大きくなってしまった。西食では、並より大盛りのほうがはるかによく売れている。

「今日、大丈夫だった？　忙しいの？」

「そうでもないんだけど、新卒向けの会社説明会がはじまったから、時間が読めなくて」

「ああ、もうそんな季節だね」

桜木が海老フライのしっぽを皿の隅に置いて、ちらりと由美の顔を見た。

「佐藤が作った資料、使わせてもらってるよ」

「そっか。役に立ったなら、よかった」

桜木は人事部で働いている。その向かいの席に、由美はつい三カ月前まで座っていた。三年前に入社して以来ずっと、新卒採用を担当してきた。

「助かってるみたいよ。中身、ほとんど変えてないって」

後任として採用課に入った男性社員に、由美は会ったことがない。引き継ぎもまったくしなかった。時期はずれの、異例といっていい異動だったから、そんな余裕はなかった。

「どんなひとなの？」

「年はあたしたちと同じくらいかな？　理系の院卒で、頭は悪くなさそうだけど、ちょっといじけてる感じ？　人事の前はずっと営業にいたらしいし、ほんとは設計や技術にいきたそう」

「なるほどね」

わからなくもない。人事部時代には、希望の部署に配属されなかった社員の落胆ぶりをたびたび目にした。採用面接のときから顔見知りになっていた新人に泣きつかれて、慰めたり励ましたりもした。

由美自身は新卒ではなく、中途採用で北斗造船に入った。その前は、市内にある全国チェーンの百貨店の、総務部で働いていた。さほど大きな店舗ではなく、三人の総務部員がいわゆるなんでも屋として、人事や経理のようなことまで幅広くやっていた。が、勤めはじめてわずか二年で、親会社が経営不振で関東地方から撤退し、由美のいた店もたたまれてしまった。たいした学歴も経験もない由美には転職先も見つからず、失業保険をもらいつつ職業訓練校に通うことにした。

あのときはずいぶん落ちこんだ。いくつか受けた面接も軒並み不採用で、どうしてわたしにはなんのとりえもないのか、もどかしくも悔しくも感じた。恵まれた容姿なり頭脳なり、あるいはなんでもいい、ひととは一味違う才能や特技を持ちあわせていれば、まるきり違う人生が広がっただろう。たとえば桜木のように、美人で仕事もできて、クールな外見とはうらはらに情に厚いところもあって、なんというか、人間としての完成度が高ければ。

訓練校で溶接を学ぼうと決めたのは、手に職をつけたい一心からだった。なんでいきなり、と両親にも友人にもびっくりされたが、平凡な自分がこの先も生き抜いていくためには、しっかりした専門技能を身につけるしかないと考えたのだ。無難な事務系の資格よりも、手を動かしてものを作ってみたかった。

機械系、電気系、建築系、化学系、と訓練校にはいくつも科目があって、説明会で授業を見学させてもらった。溶接に興味がわいたのは、ただ単純に、オレンジ色の火花がとてもきれいだったからだ。精緻（せいち）な電子回路、素朴な木工家具、複雑なCAD（キャド）の図面、見慣れないものをたくさん目にした中で、なぜかその光が由美の心をつかんだ。溶接は複数の業界で安定して需要があり、食いっぱぐれることはまずないし、働きながらさらに技術を高めていける、と職員にもすすめられ、受講を決意した。

入学した後は、今の職場と同様に男ばかりの教室で、いかつい教官に基礎から技術をたたきこまれた。女でもつとまるものだろうかと最初はひるんだけれど、意外にも、なかなか筋がいいとほめられた。手先だけは、けっこう器用なのだ。何千度にもなる炎を操って、重く硬い鉄を溶かしたり曲げたりしていると、自分が少しだけ強くなったようにも感じられた。

練習を重ねるほどに、確実にうまくなるという手ごたえもよかった。努力が裏切られないのだ。課題が難しすぎて投げ出したくなっても、周りの男たちと比べて体力の限界を感じても、めげずにがんばれば、がんばった分だけ返ってくる。なにより、うまくなると楽しい。楽しいからまた練習して、もっとうまくなる。

つまり、由美はすっかり溶接が好きになっていた。

卒業後、実家から通える範囲で再就職先を探すにあたって、北斗造船を紹介された。溶接部門を希望し、無事に内定をもらえたときには、厳しい実習をこなしてきた一年間が報われたのだとつくづくほっとした。

実際の配属先が人事部だったのは、前職での経験をふまえた判断らしい。溶接工として働くつもりだったので出端(でばな)をくじかれたものの、雇ってもらえる以上は文句も言えなかった。働きはじめてみれば、採用の仕事もやりがいがあったし、同僚も気の好いひとたちだった。特に、第一印象ではつんとすまして感じが悪そうだった桜木が、親身に面倒を見てくれた。

平凡な自分にも、居場所が与えられた。それに感謝して、おとなしくしているべきだったのだ。身の程知らずに夢を見ても痛い目に遭うだけだと、どうしてわからなかったのだろう。

「あれ、あの船、動いてない？」

あっというまに定食をたいらげてしまった桜木が、窓に顔を近づける。

「もうできあがったの？」

建造ドックは数カ所あり、常に何隻かの船が並行して造られている。そばを通りかかるたび、大型船にみとれてしまうのは社歴の浅い証拠で、慣れるといちいち目もとめなくなる。ただし目新しい船種や船型となると、話は別だった。もともと船を愛する社員が多いので、見慣れない船には目ざとく反応し、社内のいたるところで話に花が咲く。

昨年から建造が進んでいる大型客船も、そのひとつだ。北斗造船の創業以来、客船としては最大級の規模らしい。

「いや、まだ完成はしてないはず。試運転じゃないかな」

「ああ、そういえば研修スケジュールに書いてあったかも。いいなあクルーズ船、あたしも乗ってみたい」

試運転というのは文字どおり、新しい船を試しに海上で走らせ、性能を確認することである。

新入社員は研修の一環として、入社月に実施される試運転の船に乗ることになっている。真新しい船に乗れるのを皆喜ぶが、もちろん遊びではなく、船内を上から下までくまなく見学してみっちりと講義を受ける。

由美のときは貨物船だった。船をかたちづくる無数の部品に、むだなものはひとつもないと聞かされたのが、妙に心に残っている。外からは見えない、船底にはめられている鉄板でも、欠ければ海水が流れこんできてしまうのだ。

「あんな船で旅に出たいよね。とにかく遠くに。そんで、もう帰ってきたくない」

桜木が過激なことをうっとりと言う。

「いいよねえ。優雅で」

由美はあたりさわりのない返事をして、海老フライをかじった。

調子を合わせてみただけで、本気ではなかった。豪華客船でのクルーズ旅行なんて、そんなきらびやかなもの、わたしには絶対に似合いっこない。

食堂を出ると、先ほどの客船がちょうど艤装岸壁に戻ってきたところだった。

「うわあ、おっきい」

桜木がふだんに似合わずはしゃいだ声を上げ、はずむような足どりで船のほうへ近寄っていく。由美も後を追った。

試運転は、船を造る工程の中でも最終段階にあたる。全体の工期は、こんなに大きな船であれば、受注から引き渡しまでで二年はかかるはずだ。

　それぞれの工程には、多くの部署がかかわっている。営業部によって船主との契約が結ばれると、設計部が先方の要望もふまえて設計図を作成し、それをもとに資材調達部が鋼材やパイプやエンジン、発電機などを発注する。そうして材料がそろった段階で、建造部の出番となる。

　まずは鉄工所から届いた鋼材を切断したり曲げたりするところまでを、加工課が担当する。とりわけ難しいといわれる曲げ加工は、機械化の進んだ現在でも、熟練工による手作業が主流となっている。鋼材の一方をバーナーであぶり、もう一方を水で冷却しながら荷重を加えて、設計図の指定どおりに曲げていくのだ。船体の美しい曲線は、この職人技で支えられている。

　加工課のしあげた部材をブロック単位で溶接し組み立てていくのが、由美たち組立課の役目である。小組立（こぐみたて）、大組立（おおぐみたて）と順を追って進めた後、塗装をほどこし、配管や配線、各種の機器といった部品もとりつける。ブロックはこの時点で数百トンにもなっていて、それらをつなぎあわせる総組立の作業は、屋外でクレーンを使って行われる。

　小組立班に配属された初日、由美は工場長に挨拶した。

「どんなかたなんですか？」

課長に執務室まで連れていかれる途中で、聞いてみた。

「猪(いのしし)に似てる」

即答だった。

「外見も、性格もな」

少なくとも見た目は、似ていた。しかも見上げるような大男だ。値踏みするように全身を眺め回され、由美は内心たじろいだ。

「慣れるまではいろいろ大変だろうけど、まあがんばんなさい」

予想外に優しい声音に、やっと少しだけ緊張が解けた。

彼も若い頃は現場で働いていたそうで、溶接のできばえは船の品質を大きく左右するのだと励ましてもくれた。近年では自動溶接機も導入されているとはいえ、細かい加工や機械で不具合のあった箇所の修正など、人間の手が入るところもまだまだ多く、溶接工の技量が物を言う。全長二百メートルを超える船でも、設計図との誤差として許されるのはたったの一センチだと教えられ、由美は気が遠くなった。

「だけど、どんなに優秀な職人でも、ひとりじゃ船は造れない」

そばで見ると、日焼けした肌に埋もれた工場長の細い目は、とても穏やかだった。

「ひとりひとりの作業が積み重なって、ようやっと一隻ができあがる。そこが、おもしろい」

総組立まで完成したブロックは、建造ドックに運ばれ、外業課に引き渡される。ひとつめのブロックをドックの中に置くことを、起工という。続いて、残りのブロックやエンジン、プロペラなども次々に搭載され、いよいよ船のかたちが見えてくる。さらに塗装課による船体塗装を経て、ドック内に水を注入して船を浮かべ、水門を開けて海上に引き出す。進水である。無事に進水した船は、岸壁につながれ、最終的な艤装工事のしあげに入る。

由美は額の前に手をかざして客船を見上げた。先ほどから甲板で忙しそうに動き回っている、ヘルメットをかぶった作業員は、艤装課か、それとも試運転を管轄している品質検査課だろうか。船の建造では、この試運転に限らず、とにかく検査が多い。安全性を守るため、厳密な基準にのっとって、何度も何度も入念に品質を確認する。

「佐藤のほうは、仕事どうなの」

桜木がさりげない口調でたずねてきた。

「ちょっとずつ慣れてきたよ」

訓練校を卒業してから何年も空いてしまっていたけれど、だいぶ勘が戻ってきた。ひとりでこつこつと作業を進めるのも、性に合っている。他部署の社員や学生と顔を合わせる機会の多かった人事の仕事より、むしろ向いているかもしれない。担当している部品が上手にしあがれば、達成感もある。訓練校時代と同じで、日々うまくなっていく実感もある。紅一点の部署で、はじめはこちらにも向こうにもあった遠慮も、薄れつつある。他の男性社員のように、互いに軽口をたたきあったり、班長や課長からどやしつけられたりするところまではいかないものの、だんだん仲間として認められてきた気がする。工場長が言っていたとおり、みんなでひとつの船を造っているのだと考えると、なんとなく心強い。

「そっか。なら、よかった」

よかった、だろうか。ぼんやりと思い、すぐさま打ち消した。そんなことを考えていい身分じゃない。

由美が今ここにこうしていられるのは、桜木のおかげだ。正常な判断力を失っていた由美に、衝動的に会社を辞めるべきではないと諭してくれた。あんなやつのために仕事を捨てるなんてもったいないよ、と。

「そうだ、部長も佐藤によろしくって」

桜木が言い足し、由美は一瞬ぎょっとした。部長、とだけ聞くと、つい特定のひとりを思い浮かべてしまう。

「うちの部長だよ。困ったことがあったら、いつでも知らせてって」

苦笑まじりに、桜木が補った。

「ありがとう、今のところ大丈夫。よろしく伝えといて」

由美も笑顔を作った。元上司にあたる人事部長の倉内(くらうち)も、桜木と同じく、由美にとっては恩人である。異動して以来、ゆっくり話していない。ふたりが事情を言いふらすはずもないが、顔見知りの多い事務所の建物に足を運ぶのは、どうも気が進まないのだった。

「デザート、どうする？」

桜木が口調を変えた。食後にコンビニでめいめい甘いものを買い、岸壁沿いのベンチで食べるのは、ふたりのささやかなぜいたくだ。

「あたしはアイスかな。けっこう暑いし」

「いいねえ」

「それか、夏限定のジャンボソフトもそろそろ出てるかもね？」

「それもいいねえ」

相槌を打ちかけて、由美は気をひきしめる。

「でもあれはカロリーが……」

「あんだけ大盛り食べといて、今さら遅いよ」

桜木がけらけら笑った。

「佐藤って、やっぱずれてる。さすが溶接女子。大丈夫、汗かけばカロリーも蒸発するって」

むちゃくちゃなことを言いながら、手もとの社用携帯に目を落とし、真顔に戻った。画面がうっすらと明るくなって、メッセージの着信を知らせている。

「ごめん、うわさをすれば影だ。部長が呼んでる」

あちこちに停まったフォークリフトやトラックを器用によけて歩いていく桜木の背中を、由美はヘルメット片手に見送った。

雲ひとつない空から、強い陽ざしが照りつけてくる。やっぱりアイスを食べようと決め、そのままコンビニのほうへ足を向けかけて、由美はヘルメットを取り落としそうになった。正面にそびえ立つクレーンの陰で、西園寺（さいおんじ）が片手を挙げてみせた。

今日が西園寺の正式な退社日だということを、由美は知らなかった。

ふた月半の間、たまりにたまっていた有休を消化していたらしい。とうとう最終日を迎えて、もろもろの手続きのために会社まで足を運んだのだという。

「よかった、最後に会えて」

西園寺はまぶしそうに目を細めた。胸がどきりと鳴り、由美はあわてて下を向く。

ばかじゃないの、と胸の中で自分に毒づく。ばかだし、ふがいない。音信不通のまま放っておかれ、退社日さえ教えてもらえていなかったというのに、こうして心がふわふわと浮きたつなんて、どうかしている。

桜木いわく「あんなやつ」、こと西園寺光一郎（こういちろう）に由美が出会ったのは、新卒採用の面接がきっかけだった。

北斗造船の採用選考では、一次面接を人事部、二次面接を一般部署の管理職、最終面接を役員がそれぞれ担当する。二次の面接官は採用課で選ぶ。面接官としてふさわしい人材の名簿がまとめてあって、その中から職種や適性を考慮して調整する。

かっこいいな、と由美がはじめに目をとめたのは、だから西園寺本人ではなくて、彼の名前だった。われながら子どもじみているのだが、重々しい響きの名には、幼い頃からあこがれがある。佐藤由美という自分の名前がきらいなわけではないけれど、名は体（たい）を表すとはよく言ったものだと思う。

だからといって、西園寺由美になりたい、などとだいそれた望みを抱いていたわけではない。西園寺に妻子がいることは知っていた。たとえそうでなくても、由美では彼につりあうはずもなかった。

西園寺は数年前、海外赴任から帰国すると同時に、営業部長に着任した。四十代前半で営業の最高責任者に抜擢されるというのは、社内でも異例の大出世だったらしい。

ととのった顔だちにすらりとした長身で、上等そうなスーツをぴしりと着こなし、常に断定口調で話す西園寺に、由美は魅了される前にまず気後れした。北斗造船には、社風なのか業界柄なのか、どちらかといえば寡黙で朴訥とした職人気質の社員が多い中、こういうひともいるのかと意表をつかれもした。

存在感がある、華がある、いろんな言いかたができるけれども、常にスポットライトの下にいるひと、というのが由美の西園寺に対する第一印象だった。フロアでも、会議室でも、彼の周りだけが一段と明るい。豪快によく喋りよく笑い、身ぶり手ぶりも大きいせいで目立つ、という物理的なことだけではなく、生まれながらに光を浴びるべく定められているように見えた。

そんな西園寺が、とりたてて美しくも有能でもない自分になぜ興味を持ったのか、由美には不思議でしかたがなかった。今でも不思議だ。

去年、彼の面接した学生が無事に入社して、そのお祝いにという名目で食事に誘われたときも、喜ぶよりも戸惑った。まさか好意を抱かれているなんて、想像してもみなかった。佐藤さんと話していると本当に和む、癒される、としきりにほめられても、からかわれているんじゃないかと疑いすらした。

けれど、そうしていぶかしむ気持ちも、じきに消えた。とにかく楽しくて、よけいなことを考えているひまがなかった。

そのうちに、佐藤さんは佐藤ちゃんになり、由美ちゃんになり、由美になった。つきあいはじめた当初は確かにあった、彼の家族に対する罪悪感も、その頃には薄れていた。なんにも心配いらない、と西園寺にきっぱり言われれば、本当にそういう気がしてきた。そんなはずはないのに。

会社の近くで同僚に見とがめられないように、よくふたりで遠出した。近場で会うときは、西園寺が隠れ家めいた小料理屋やバーに連れていってくれた。このあか抜けない町にこんなおしゃれな店があったなんて、と由美は毎度嘆息した。しかもそこで自分が人目をしのんで恋人と逢いびきしているとは、なんだか映画やドラマみたいで、現実味に乏しかった。

本当に、映画かドラマのようだった。それで勘違いしてしまったのかもしれない。自分も舞台の上で、スポットライトを浴びているかのように。自分までもが特別であるかのように。

「あの船も、もう見納めか」

西園寺のよく通る声が、うつむいている由美の頭上に降ってきた。そっと顔を上げる。

西園寺は腕を組み、首をそらして客船を見上げている。

西園寺の妻から会社に電話があったのは、冬の終わりのことだった。

社員の家族が会社の代表電話番号にかけてくることは、なくはない。社外からの電話と同様に、総務部が受け、用件に応じてふさわしい部署につなぐ。大半は急病や事故による欠勤や遅刻の連絡で、これは基本的に当人の所属部署に回される。あとは、会社への質問や苦情も、たまにある。普通は社員本人をとおして問いあわせるなり訴えるなりすべきところを、なんらかの事情でそうできない場合に、家族がじかに連絡してくるのだ。その種の電話は、おおむね人事部が対応する。

総務部から転送されてきた、あの内線電話を由美が受けたのは、どういうめぐりあわせだったのだろう。

「お電話かわりました、人事部の佐藤です」

受話器をとった由美は、マニュアルどおりに応対した。電話に出るときは、まず自ら名乗るのが原則だ。そうすれば相手も名乗るか、もしくは用件を切り出すか、なにかしら反応がある。

「もしもし？」

なにも聞こえてこないのをいぶかしみ、由美は呼びかけた。受話器の向こうで、息を吸いこむ音がした。

　不意に、寒気を覚えた。今にして思えば、日頃は決して勘が鋭いとはいえない由美にさえ、伝わってくるものがあったのだ。

「佐藤由美さんですか？」

　思い詰めたような低い声で、相手は言った。

「西園寺光一郎の家内ですが」

　頭が真っ白になってしまって、彼女の話は断片的にしか覚えていない。

　夫の携帯電話を確認し、由美の存在を知ったこと。夫を問い詰めたところ、何度か関係を持ったと白状したこと。ただし本人は、真剣につきあっていたわけではなく、ただの遊びだと言い張っていること。もう二度とこういうことはしないと約束させたものの、同僚との浮気はこれがはじめてではないので信用できないこと。

「小さな子どももおりますし、わたしもがまんしてきました。主人のこれは、病気のようなものですから」

　彼女は涙声で訴えた。

「でももう限界です。社内で何度もこういうことが起きて、会社としてもご迷惑でしょう。もう少しなにか、対策というか注意というか、なんとかしていただきたいんです」

由美は返事もできなかった。

自分がなにに衝撃を受けているのかさえ、よくわからなかった。本気ではないと西園寺が妻に言い逃れたというのも、社内不倫を繰り返していたというのも、にわかには信じがたかった。しかしまた、彼女の口ぶりにうそはなさそうだった。由美を責めているふうでもなかった。責めるどころか、謝ってきた。

「このたびは、佐藤さんにも大変ご迷惑をおかけしました」

話しているうちに落ち着いたようで、もう泣いてはいなかった。

こんなふうに言える立場ではないのだが、由美にしてみれば、ののしられたほうがまだましだったかもしれない。それこそドラマに出てくる三角関係なら、夫を盗られた妻が嫉妬に狂い、会社に関係を暴露し、浮気相手を口汚く糾弾するところだろう。けれど彼女にとって、由美は攻撃すべき対象ではないのだった。夫が真摯に想いをかけているならともかく、単なる遊び相手にすぎないのだから。

「人事部長にかわっていただけますか」

彼女は決然と言った。

その日のうちに、西園寺自身も由美に連絡をよこした。デスクの内線電話にかけてきて、妻を刺激すると困るので、しばらく連絡は一切しないでくれと告げた。周囲に座っている同僚たちの耳もあり、あれこれ質問するわけにもいかず、わかりましたとだけ由美は答えた。すぐに電話は切れ、それきり一度も話していない。

倉内の他には、桜木にだけ事情を話した。由美から自発的に打ち明けたというより、様子がおかしいと心配した桜木に、しつこく問いただされたのだった。

桜木は、ひょっとしたら由美以上に、憤慨していた。由美のほうは、腑抜けたように呆然としてしまって、怒ったり泣いたりする気力もわいてこなかったのだ。佐藤はひとが好すぎるよ、と桜木は苦々しげに言ったものだ。あたしなら絶対に許さない。日頃は冷静沈着な桜木が感情的に声を荒らげるのを、由美ははじめて聞いた。

でも、許すとか許さないとか、そういう問題じゃなかったんだろう。

わたしはただ、さびしかったのだ。西園寺に会えなくなって、さびしかった。だから姿を見られただけで、こんなにも心がはずんでいる。もし桜木に知れたら、情けないと一喝(いっかつ)されそうだけれども。

桜木がここにいなくてよかった。冷ややかに眉をひそめ、西園寺に皮肉をぶつけかねない。じゃけんに追いはらおうとするかもしれない。どちらにしても、こうして会話はできなかったに違いない。

「元気だった？　仕事はどう？」

西園寺に聞かれ、由美は背筋を伸ばした。

「少しずつ慣れてきました」

「そうか、よかった」

桜木なら、よくしゃあしゃあと言えたものだと息巻くかもしれないが、由美は素直にうれしく思う。きっとこれが西園寺にとっては精一杯の気遣いなのだ。

営業マンたるもの、常に弱みを見せず毅然とふるまわねばならない、というのが西園寺の持論だった。自信を持って商談にのぞむことこそが、取引を円滑に進めるための鉄則だという。顧客には丁重に接しつつも、むやみにおもねりもへりくだりもしない。やたらと相手の顔色を気にしたり、落ち度もないのにぺこぺこしたりする必要はない。

そんなことを説かれても、人事の仕事には活かしようもなかったけれど、由美はおとなしく耳を傾けた。信頼されている証のように感じられて、誇らしかった。

「元気そうだね」

西園寺は快活に続け、由美の全身を無遠慮に眺め回した。

「意外に似合ってる」

由美は顔がほてるのを感じた。汚れた作業服が恥ずかしい。しかも化粧すらしていない。

やっとのことで、言い返す。

「西園寺さんも、お元気そうで」

「まあね」

西園寺は悠然と答えた。

「社会人になって以来、こんなにのんびりしたのははじめてだよ。次の会社からは早く来いって言われてたけど、充電できてよかった」

由美は返事に困った。まるで西園寺自らが望んで会社を辞めるかのように、聞こえる。

桜木が教えてくれた話では、そうではないはずだった。倉内との長い面談を終えて会議室から出てきた西園寺は、真っ赤な顔で激怒していたという。ばかにしやがって、お前ら絶対に後悔するぞ、と鼻息荒く言い捨てて去っていったらしい。いい気味だったよ、すかっとした、というのが桜木の感想だった。

「でも来週からは忙しくなる。がんばらないと」

西園寺は晴れやかに言う。演技にも由美の錯覚にも、見えない。

実際のところ、演技でも錯覚でもないのかもしれない。少なくとも今となっては、西園寺も納得しているのかもしれない。あのようなきっかけがあったにせよ、人事部や家族の意向だけで、社員を無理やり辞めさせるのは難しいだろう。最終的には西園寺自らが、ここを去ると決めたのだ。

「新しい業界だから、自分なりに勉強する時間もほしかったし。おれもよく知らなかったけど、最近ものすごく羽振りがいいみたいでさ」

転職先の不動産会社について、西園寺は堰を切ったように話し出す。

最終面接で先方の社長と意気投合したという話の途中で、予鈴のチャイムが鳴った。休み時間はあと十分で終わる。

「あの、わたし、そろそろ」

由美はおずおずと切り出した。できればもう少し一緒にいたいけれど、仕事がある。工場の中は、事務所以上に時間に厳しい。早足で持ち場へ戻っていく同僚たちの視線も気になる。

「いいじゃないか、最後なんだし」

西園寺はぎゅっと眉根を寄せた。話の腰を折られるのが大きらいなのだ。

こうして不機嫌そうな顔をされると、由美はひるんでしまう。最後なのは西園寺だけで、わたしはこの先もここで働いていくのに。

「せっかくこうして会えたんだし、な？」

とりなすように、西園寺が口調を和らげた。

「ここで立ち話してたら、じゃまになるかな。もうちょっと端に寄ろうか」

いつになく態度がやわらかいのは、やはり最後だからか。由美はなるべく周りを見ないようにして、うなずいた。

岸壁の縁にふたり並んで立つと、西園寺は転職先の話を再開するかわりに、客船をあおいだ。

「こうして見ると、やっぱりでかいな」

この船の契約は西園寺がとってきた。他社との熾烈（しれつ）な競争に勝ち抜いて成約に至ったそうで、感動もひとしおだったらしい。

「納期にまにあわせるのが、ほんとに大変だったんだよ。うち、こんなにでかいクルーズ船って造ったことなかったから。設計の連中は慣れてなくて手間どるし、建造は建造で、工期に余裕を持たせろって言うしさあ」

いまいましげに顔をしかめてみせる。

「ほんと、どいつもこいつも勝手ばっか言って。客に責められるこっちの身にもなれっての。しのごの言わずに、ちゃっちゃと造れよな」

西園寺とふたりで会うようになってから、この船にまつわる話を由美はさんざん聞かされてきた。ほとんどが関連部署への不満で、ちょっと言いすぎじゃないかと思うときもあったものの、彼の毒舌はこの件に限ったことでもなく、適当に相槌を打って聞き流していた。社内と社外の板挟みになって、大変な仕事だなと同情もした。

もはやそんな気になれないのは、由美も建造部で働きはじめたからだろうか。

「あと検査も多すぎ。いったい何回やったら気がすむんだよ。うっかりひっかかったら、また工期が延びるし。ほんと勘弁してほしいよ」

西園寺に悪気はないのだ、と自分に言い聞かせる。

営業から見ればそんなものだろう。建造部の人間だって、営業のやつがまた無理な約束してきやがって、こんな納期じゃまにあうわけないだろうが、と悪態をついている。深刻ないがみあいというわけでもない。立場が違うと意見も違ってくるだけのことだ。

「だいたいさあ、何度も何度も調べるくらいなら、最初からいい品質のものを造りゃあいいんじゃないの？　自分の能力が保証できないって言ってるようなもんじゃない？」

「そういうわけじゃないですよ」

由美はとうとう割って入った。悪気はないにしても、さすがに腹に据えかねた。

「安全を守るために、絶対に必要な検査なんです。法律でも決まってますし、いいかげんにはできません」

西園寺がぽかんとして由美を見た。

「それに、船はひとりで造るわけじゃないですから」

今さら後にはひけず、由美は尻すぼみにつけ足した。

「複数の人間や部署が分業してるので、要所要所で誰かが客観的に確認すべきなんです。問題があったらその都度直さないと、全体のしあがりにも影響が出ます」

西園寺は不愉快そうに眉をひそめかけ、思い直したようにきゅっと口の端を持ちあげた。

「なんだよ、すっかり一人前の職人になっちゃったみたいだな。法律はおれも知ってるよ。もうちょっとうまいやりかたはないのかな、って言いたかっただけ」

おどけたふうに肩をすくめる。

「ま、おれはもう関係ないけどね。とにかく、あんまり営業を困らせないでやってくれよ。北斗造船自慢の技術力で、工程表どおりにさくさくっと造ってくれればいいんだし」

「そんな……」

さくさくっと、と軽く言われても、何万トンにも及ぶ大型船を、そう簡単に造れるわけがない。

のどもとまでこみあげてきた反論を、由美はのみこんだ。まじめに抗議したところで、また冗談半分にまぜ返されてしまうだけだろう。

「そんなこわい顔するなって」

指先で頬をつつかれて、反射的に後ずさる。この期に及んで、ふれられるとどきどきするなんて、情けない。

「終わりよければすべてよし、ってことで」

西園寺は特段気にするそぶりもなく、ほれぼれと客船を見上げている。

「何度見ても、いい船だよなあ。最後にこれを造れてよかったよ」

あなたがこれを造ったわけ？

とっさに思い、由美は自分でも少し驚いた。西園寺の発言に当惑や違和感を抱いたことは、これまでにも何度かあったけれど、はっきりと反発を感じたことはなかったから。

「そういや、由美は今なにやってるの？」

ついでのように、西園寺がたずねた。

「小組立班にいます」

「え？　ってことは、溶接やってんの？」

おおげさに眉を上げる。

「女の子が溶接なんかできるんだ？」

「できます」

由美はため息をこらえ、短く言った。溶接の訓練校に通っていた話は、前にもした。そのときにも、女の子にも溶接ってできるのか、とそっくり同じように聞き返された覚えがある。

「へぇえ」

西園寺がうなる。

「体力的にきつくない？　人事もひどいよな。建造は建造でも、もうちょい楽なとこに回してくれればいいのに。あのたぬき部長、とぼけた顔して食えない野郎だよ」

ひどくない。倉内は西園寺と違って、由美の経歴をちゃんと覚えてくれていたのだ。面接で話して以来、三年も経っていたにもかかわらず。

西園寺の妻から電話があった日、倉内から会議室に呼ばれて、くびになるのだろうと由美は覚悟した。

「申し訳ありませんでした」

部屋に入るなり、深々と頭を下げた。そのまま顔を上げられなかった。妻子ある同僚と恋愛関係になったというだけでもまずいのに、人事部ではなおさらだ。職場の風紀を守り、社員どうしのごたごたを解決すべき部署の一員として、最もやってはいけないことをやってしまった。

「こういうことになってしまって、残念です」

先に奥の椅子に腰かけていた倉内は、低い声で応えた。座るようにうながされ、由美はそろそろと椅子にかけた。

倉内はテーブルの上で手を組み、由美を見据えて口火を切った。

「ただ、わたしにも責任はあります。営業部長に関する話は、これまでにも何度か聞いていました。なのに、きちんと対処できていなかった」

「そんな」

いたたまれなくなって、由美はさえぎった。

「悪いのはわたしです。先方のご家族にも迷惑をおかけして、反省しています。本当に申し訳ありませんでした」

一息に言った。下を向いた拍子に、涙がほとりとこぼれた。

「佐藤さん」

倉内の声は穏やかだった。スカートの膝に広がった暗い色のしみを見つめ、由美は息をととのえた。

「本当に、反省していますか」

「はい」

「では、それを行動で示していただけますか」

「はい。責任を、とらせていただきたいと、思っています」

つかえながらも、言いきった。今さら申し開きをしようとも、それで処罰を免れたいとも、考えなかった。腹を括ったというよりは、もうなるようになれ、と投げやりな気分のほうが強かったかもしれない。

「そう聞いて安心しました。それでは今後のことですが」

由美は唇を結び、衝撃に備えた。

「溶接は、どうでしょう」

つかのま、なにを言われているのかわからなかった。

「実は、もうすぐ組立課に一名欠員が出るんです。至急異動してもらえると助かるんですが」

顔を上げた由美に、倉内は表情を変えずに言った。

休み時間の終了を告げるチャイムが鳴っている。

「おお、皆さん業務開始だね。ご苦労、ご苦労」

急に人影がなくなった周りを見回して、西園寺が機嫌よく言った。

「おれ、工場なんか絶対に無理だわ。騒音すごいし、くそ暑そうだし」

悪びれずに続ける。

本当に悪意はないのだと、由美は知っている。自らの価値観を心から信じきっていて、なんの疑いもなくぽんぽんと口に出してしまうだけなのだ。そういうところが男らしくてすてきだと、由美もかつては思っていた。

「慣れたら案外平気ですよ」

そっけない口調になってしまったけれど、西園寺は気づかなかったようだ。

「そうか？　ま、由美はわりと体力ありそうだもんな。路頭に迷うよりはましだしな」

路頭に迷いたくない、というのは、もちろん由美も考えた。倉内にすすめられるままにとった、三日間の有給休暇中に。

それでも辞退しようと決めたのには、いくつか理由があった。訓練校を出たきり溶接の世界から遠ざかっている自分が、現場で使いものになるかは疑わしい。入社以来ずっと人事をやってきて、突然畑違いの部署へ、しかも自分の都合で移るなんて、申し訳ない気もする。なにより、働こうという意欲がさっぱりわかなかった。せっかく厚意で提案してもらっているのに、どうしても力が出ない。

三日後に出社して、倉内と面談したときにも、正直にそう話した。適当にごまかさないことが、気にかけてくれた上司に対するせめてもの誠意だと思った。

「気持ちはわかります」

倉内はおもむろに言った。

「いろんな理由で動けなくなった社員を、わたしもこれまで何人も見てきました。責めるつもりも、急かすつもりもありません。会社には個人の決断に口を出す権利はありませんから」

息を吸い、でも、と言葉を継ぐ。

「いろいろ見てきたからこそ、言っておきたいことがあります。今の状態は永遠には続きません。必ず終わります。佐藤さんの場合は、仕事をしていたほうが、その終わりが早くきます。まじめなひとは、なにもすることがないと逆につらい」

「そんな。まじめだなんて……」

だってあんなことを、と言いかけて、由美は思いとどまった。励まそうとしてくれている倉内を、困らせたくない。

「ありがとうございます。わたしなんかに、こんなによくして下さって」

「そうですよね、よくしてますよね」

倉内がふっと微笑んだ。

「どうしてだと思います？」

由美は面食らって首をかしげた。どうして？

「佐藤さんには、辞めてほしくないからですよ」

答えになっていない。なっていないばかりか、疑問はますます深まった。こんなわたしを、どうして？

「辞めてほしくないのは、どうしてかというと」

倉内は由美から目を離さずに言った。

「面接のとき、溶接の話やなにやらを聞いて、佐藤さんはとてもまじめで、なおかつユニークなひとだと感じました。一緒に働いてみて、その判断は正しかったと満足しています」

あのほめ言葉を額面どおりに受けとめるほど、由美は楽天的な性格ではない。どう考えても買いかぶりすぎだ。おせじもまじっているだろう。

でも同時に、だからこそ、ひきとめようとしてくれている倉内の気持ちが本物だということも伝わってきたのだった。

「おれ、もともとそこまで船が好きってわけでもないんだよな」

西園寺はなおも喋り続けている。

「造船業界自体、新興国に押されて苦戦してるし。その点、不動産は……」

「すみません」

由美は割って入った。一礼し、ヘルメットをかぶる。

「仕事があるので、失礼します」

棒立ちで顔をひきつらせている西園寺は、いつになく間が抜けて見えた。

いきなりスポットライトの中に入ったから、目が馴れていなかったのだ。明るすぎて、まぶしすぎて、目がくらんでしまった。このひとの姿を、正面からまっすぐに見つめることができなかった。まばゆい光の外に出て、あらためて眺めてみれば、こんなにもくっきりと見てとれるのに。

西園寺はこの先も、こうやって人生を渡っていくんだろう。スポットライトを浴び、まるい光の輪の内側だけを見て。その外にどんな世界が広がっているのか、目をこらすこともなく。

作業場に足を踏み入れたとたんに、足場の上から班長のどなり声が降ってきた。

「佐藤、遅い！　なにやってんだ！」

「すみません！」

由美も大声で叫び返した。名指しでしかりつけられるなんてはじめてなのに、すくむどころか、晴れ晴れした気分だった。

「がんばって、遅れた分取り返します！」

班長が口を半開きにして由美を見下ろした。由美は軽く頭を下げ、大股(おおまた)で持ち場へと向かった。ゴーグルとマスクと軍手をつけて、溶接機を手にとる。

倉内の言っていたことは、正しいかもしれない。仕事はわたしを救ってくれているのかもしれない。

少なくとも、わたしはこの仕事を必要としている。そして、ここで必要とされている。

機械を握り直し、しっかりとかまえた。小さいけれども鮮やかな光が、きらきらと勢いよくほとばしりはじめる。

錨(いかり)を上げる

前後左右を注意深く見回してから、宮下一海（みやしたかずみ）はすばやく建物の中に足を踏み入れた。

ひんやりとした空気が体を包んだ。真夏の陽ざしにさらされていた目がくらみ、視界が緑色に染まる。まばたきしながら、足早にエレベーターホールへと向かう。

事務所、と社内で呼ばれているこの建物に、一海は数えるほどしか入ったことがない。入る用事がない。毎朝、裏手に設けられた駐輪場に自転車をとめるときに、横目で見るだけだ。一海に限らず建造部の人間は、始業から終業まで、ほとんど工場の中で過ごす。部署内の打ちあわせも、作業場の片隅にある休憩スペースか、併設されている管理棟の会議室を使う。一海のような下っ端には、事務所にいる設計部や資材調達部といった他部門との会議もない。もっとも、課長や部長にしても、たいがいは現場にいて、そう頻繁に事務所へ足を運んでいる様子もない。

だから、知りあいに出くわす可能性はかなり低い。それでも、万が一にもそのようなことがないように、一海は祈らずにはいられない。親しければ親しいほど、ここにいるのを知られるわけにはいかない。

願いが通じたのか、エレベーターからぞろぞろと降りてきた社員たちの中に、知った顔はなかった。

これから帰るのだろう、大半がかばんを持っている。女はこぎれいな格好で、男もネクタイをしめるか、そうでなくてもワイシャツは着ている。一海の汗くさい作業服は、いかにも場違いだ。

うつむいて彼らをやり過ごし、ひとりでエレベーターに乗りこんだ。ゆっくりと上昇していく箱の中で、深く息を吐く。肺の空気を限界まで吐き出し、また少しずつ吸う。もう一度吐く。気が弱くてあがり症の息子に、緊張したときには深呼吸をするといいと父は教えてくれた。あせることはない、とやわらかい声で励ましてもくれた。一海はやればできるんだから、と。

七階のエレベーターホールにも、無機質な蛍光灯の光に照らされた廊下にも、ひとけはなかった。案内表示に従って、つきあたりの戸口をめざす。

開いたドアの手前で立ちどまり、また深呼吸をしてから、中をのぞいた。入ってすぐのところに、腰高の、横に長いスチール製のキャビネットが据えられ、その上に紙の束が数種類並んでいる。隅に置かれたたぬきのぬいぐるみが、人事部と書かれたプラスチックの札を抱えていた。たぬきは人事部となにか縁があるのだろうか。工場の休憩室で見かけたあのポスターにも、なぜかたぬきときつねのイラストが入っていた。

キャビネットの奥には、ふたりずつ向かいあわせになるかたちで、机が縦二列に並べてあった。一番手前の二席で、なにやら話していた女性社員がふたり、同時に一海のほうへ顔を向けた。

向かって右に座っているほうには、かすかに見覚えがあった。入社した直後の研修を担当していた気がする。ぽっちゃりとした柔和な顔つきに加え、話しぶりも丁寧で優しく、いくらか緊張がほぐれたものだった。左は気の強そうな美人で、こちらは記憶にない。華やかな容貌は一度見れば印象に残りそうだから、たぶん初対面だろう。

左の美人が立ちあがり、立ちつくしている一海にすたすたと近づいてきた。

「なにかご用ですか？」

にこりともしない。顔がきれいなだけに、なんともいえない迫力がある。一海はおそるおそる室内に入り、声をしぼり出した。

「あの、ポスターを見たんですけど……」

「ああ」

彼女は低くつぶやいて、キャビネットの上に重ねてある紙の山に手を伸ばした。

「この用紙に必要事項を記入して提出して下さい。締切は今月末です」

台本を読みあげるように、よどみなく言う。

彼女から渡された用紙は、一海が予想していたよりも大きかった。これは折りたたんでいいものなのだろうか。いいとしても、肩からななめがけにした小ぶりのかばんは、空の弁当箱でほぼいっぱいだ。ものがものだけに、無理につっこんでしわになってしまってはまずい気がする。

紙を片手にまごついている一海に向かって、彼女は相変わらず無表情のまま、大判の茶封筒を突き出した。

「これ、よかったら」

一番下に小さく会社の住所と電話番号、それからロゴマークも印刷されている。社名にちなんで北斗七星がかたどられ、けっこうしゃれている。

「ありがとうございました」

用紙がすっぽりおさまった封筒を胸に抱え、一海はぺこりと頭を下げた。顔を上げたときには、彼女はすでに自分の席に座ろうとしていた。

事務所の裏口を出て、駐輪場を横切っている途中で、背後から声をかけられた。

「あれ？　宮下？」

小走りで一海に追いついた井口は、額に浮かんだ汗を手の甲で拭った。ひじまでまくりあげた作業服の袖から、筋肉の盛りあがった丸太のような腕がのぞいている。

「まだおったんや？　金曜やし、急いで出てったから、てっきりナナちゃんと約束しとるんかと思てたわ」

なにも聞いてこないということは、事務所から出てきたところは見られていなかったのだろう。一海はあいまいに微笑んで、首を横に振った。

「いえ。今日は別に」

「ほな、まっすぐ家に帰るん？」

井口は首をかしげ、一海の顔から手もとへと視線をずらした。両手で握りしめたままだった茶封筒を、一海は脇に挟むように片手で持ち直した。

「はい」

「なんや、しくじったな。宮下を誘えばよかった」

井口は顔をしかめ、短く刈りあげた頭をかいた。

「ちょうど今、同期のやつらに飲みにいかへんかって声かけてもたとこ」

「いいじゃないですか。楽しんで下さい」

封筒の存在にふれられなかったことにひとまずほっとしつつも、一海は再び身がまえた。

お前も来いと言われるだろうか。先輩には逆らえない。

いや、先輩後輩の問題だけでもない。たとえ年下でも、強く押してくる相手に一海は弱い。強引に誘われると、ついうなずいてしまう。どうしてそんなに優柔不断なの、と母にもナナにもよくあきれられる。

「おう。そんならまた今度、ゆっくりな」

井口があっさりと言ったので、やや拍子抜けした。一海が大人数の飲み会、特に知らない人間の多いそれを苦手としていることに、やっと気づいてくれたのなら喜ばしいが、

「悪いな」

と太い眉をすまなそうに寄せたところを見ると、そういうわけでもないようだ。一海のほうも、いつものとおり、反射的に応えてしまう。

「いえまた今度、ぜひ」

おととし、新人研修を終えて組立課に配属された一海を、井口は熱烈に歓迎してくれた。そのさらに二年前、同じく新入社員として課に加わって以来、後輩ができるのを永らく心待ちにしていたそうだ。

中学と高校で柔道部の主将をつとめていたという井口は、屈強な外見もよく響く野太い声も、いかにも体育会系である。いばったり仕事を押しつけたりされたらどうしようかと

一海ははじめ気をもんだけれど、幸いそれは杞憂だった。井口は根っからの兄貴肌で、ただ弟分をかわいがりたいだけなのだった。

溶接の仕事そのものにとどまらず、社会人としての心得も、上司に接する上での礼儀も、一海は井口から教わった。なにかと気にかけてもらって、感謝はしている。反面、悪びれずにぐいぐい距離を詰めてこられるにつけ、しばしば困惑してしまう。

一海が実家から自転車で通っていると話すと、ますます喜ばれた。井口は関西の出身で、独身者向けの社宅に住んでいる。大学を卒業するまでは地元で過ごし、就職を機にこの町へ引っ越してきたため、会社以外に知りあいもなく、夜の時間を持て余しぎみらしい。一日の終わりにちょっと一杯飲んで帰りたいと思っても、車通勤の同僚はつきあってくれない。

そういうわけで、一海に頻繁に声がかかる。ちょっと一杯、というのは口だけで、井口はすいすいと四、五杯は飲む。工業高校を出てすぐに就職した一海は、一年目は未成年だったので、オレンジジュースとウーロン茶で相伴した。

「早よ宮下と一緒に酒が飲みたいわ」

一年間、井口は口癖のように言っていた。去年、一海が二十歳を迎えて、その念願は一応かなった。ただし一海は酒が弱く、生ビールの中ジョッキを飲みきるのにも苦労するほどである。

「お前はほんま、おごり甲斐のないやっちゃなあ」

苦笑しながら、井口は毎回必ず会計を持ってくれる。

日頃からよく喋るが、酒を飲むといよいよ多弁になり、会社の話はもちろん、政治や社会問題、スポーツ、芸能ニュース、と話題はあちこちに飛びまくる。好奇心旺盛な性質なのだ。家族や生まれ育った地元の思い出話になることもある。井口の実家が酒屋を営んでいることも、年の離れた弟妹がひとりずついることも、学生時代の恋人との遠距離恋愛から別れに至った経緯まで、一海は把握している。だんだん慣れてきたのか、アルコールが入ると頭がぼんやりしてくるせいか、今では長話に閉口することもほとんどなくなった。苦いビールをちびちびとなめつつ、ひたすら聞く。たまに井口が質問してくれば、それに答える。

「そうや。かわりに明日、釣りに行こうや」

さも名案を思いついたとばかりに、井口がぱちんと手を打った。

「先月は雨で流れてもたやろ？　明日は天気がよさそうやし、よう釣れるわ」

一海の返事は聞かずにうんうんとうなずいて、この時季やったらどこがええやろ、と首をひねっている。

「ああ、楽しみや。宮下と釣り、ひさしぶりやもんな」

目をきらきらさせて笑いかけられ、一海はなにも言えなくなった。家に帰ったら、なるべく早くナナに連絡を入れなければならない。


明日の約束を延期したいと一海が電話で切り出すと、ナナはものすごく不機嫌な声を出した。

「また井口さん？」

理由を告げる前から言いあてられてしまった。長いつきあいなので、そう珍しいことでもない。

ナナのうちは一海の家の三軒隣で、幼いときから家族ぐるみの交流があった。おとなしくてひっこみ思案な一海と、勝気で活発なナナは、男女が反対だったらよかったのにと親たちにからかわれたものだった。幼稚園も小中学校も同じで、高校だけは工業高校と商業高校に分かれ、その春から恋人としてつきあいはじめた。

「たまには断ったらいいのに」

「たまには断ってるよ」

しかし今日はタイミングが悪かった。こそこそ事務所から出てきたところでつかまってしまったのだ。ただでさえ後ろめたいのに、強気には出にくかった。

「ほんとにごめん。でも、もう約束しちゃったし」

「あたしとも約束してたじゃない。井口さんよりも前から」

「それはそうなんだけど」

しばしの沈黙の後、ナナはため息まじりに言った。

「いいよもう、わかったよ。明日はあきらめる」

明日は、の「は」を強調する。

「だけど、お祭りは絶対ふたりで行きたい」

毎年恒例の夏祭りは、この町では一年を通して最も大きな行事となっている。軽食や海産物を売る出店が立ち並び、特設ステージではビンゴゲーム大会や福引き、のど自慢大会といった催しが開かれる。子どもたちは長い夏休みのしめくくりに、めいっぱいはしゃぎ回る。一海も例外ではなく、物心ついたときから毎年欠かさず参加してきた。

準備は町ぐるみで進められ、地元の会社や商店も加わる。町随一の企業である北斗造船も、もちろん全面的に協賛している。金銭面での出資だけでなく、会場近くの岸壁に完成間近の船をつけて見物できるようにしたり、年によっては船内を開放して見学会を行ったりもする。

「あれはお父さんが設計した船だよ」

幼い頃、両親に連れられて祭りに出かけるたび、父は海上に浮かんだ船を指さして教えてくれた。見上げていると首がしびれてくるほどの巨大な船の前で、ふだんは寡黙でひかえめな父が満足そうに胸を張っているのを見て、一海まで誇らしくなった。

この町で生まれ育ち、北斗造船で二十年以上も設計技師として働いていた父は、息子も同じ会社に就職すると決まって、とても喜んだ。感情をあまりおもてに出すひとではなかったのに、よかった、本当によかった、と何度もしみじみと繰り返していた。そんなにうれしそうな表情を見るのは、中学生の一海が高校で船の設計を学びたいと言い出したとき以来だった。

高校に入学してしばらく経った頃に、学校はどうだ、と父に聞かれたことがある。

「おもしろいよ」

「そうか」

父はうなずき、さらにたずねた。

「どういうところがおもしろい？」

一海はいささか緊張しながら、返事を考えた。つまらない答えで父をがっかりさせたくない。

「やっぱり実習系の授業かな。製図とか」

父が目を細めた。

「製図か。お父さんも、高校のときは製図の授業が一番好きだったな。今どきはパソコンでやるんだよな？」

「そうだね。最初に手でイメージを描いてみることもあるけど、その後は基本的にＣＡＤ」

「最近は学校で３Ｄ－ＣＡＤも教わるんだってな。便利な時代になったよ」

「うん。課題は毎回変わるんだ、車とか、建物とか。でもやっぱり船が一番楽しい」

父の笑顔に勇気づけられて、一海は続けた。

「いじってるのはパソコンの画面だけど、実物を想像するとわくわくしてくる」

「想像は、大事だ」

父はいっそう顔をほころばせ、ぶあつい専門書を見せてくれた。古今東西に造られた、有名な船の設計図と、その解説が載っていた。

「一海の言うとおり、実物の姿かたちを想像するのがまず第一歩。あとは、その先も想像できるともっといい」

「その先？」

「船でも、車でも建物でも、みんな人間が使うものだから。使う誰かの身になって、最適な構造を探さなきゃいけない。もちろん安全面や予算のことも考えあわせて」

壁の材質や厚み、窓の大きさと位置、柱の数と太さ、計器や備品の配置、可能性は無数にある。膨大な選択肢の中から、設計者は最善の組みあわせを模索する。

「一枚の設計図は、設計者の思考と判断の結晶なんだ。あるべき場所に、あるべきものを置いていったら、こうなった」

あるべき場所に、あるべきものを。声には出さずに繰り返し、一海の胸は高鳴った。一海自身にも、あるべき場所があるのだろうか。

「こういう有名なのだけじゃなくて、会社で昔の設計図を見るのもおもしろいもんだよ」

設計者の意図を、読み解いてみるのだという。新しいものを描くときにも参考になる。最新の技術や法令を反映し、自分自身の考えも盛りこみ、よりよいものを作っていく。

「反対に、自分の設計したものも、いつか誰かが読み解いてくれる。そういうふうに、過去と未来がつながっていく」

開いたページの、精緻な設計図をとんとんと指でたたき、父は感慨深げに言ったのだった。

「ねえ一海？　聞こえてる？」

電話の向こうで、ナナが不審そうに聞く。

「ああ、うん。ごめん」

「あたし、ゆかた着るから。一海も着ようよ」

「うん。着るよ」

電話を切ってから、一海は壁にかかったカレンダーを眺めた。夏祭りは毎年、八月最後の日曜日と決まっている。今年は三十日だ。翌日の月曜日で、八月が終わる。

締切は今月末です。人事部員のそっけない声がよみがえり、一海は小さく身震いした。

夏祭りの朝、母がたんすから出してくれたゆかたは、樟脳(しょうのう)のにおいがした。

夕方、それを着てナナを迎えにいくと、似合う似合う、と向こうの家族にまでほめられた。黒に近い濃紺の地に、ごく細い白の縦縞が入っている。ゆかたよりもやや明るい群青色(ぐんじょういろ)の帯は、今日のようによく晴れた日の、海の色だ。ナナのゆかたは淡い水色にピンクのあじさいがいくつも咲いている絵柄で、赤い帯をしめている。

ナナの家を辞し、港のほうへ並んで歩いた。入江に沿ってゆるやかに蛇行する一本道は、毎日の通勤でも往復している。湾を挟んだ対岸に、造船所のクレーンが小さく見える。からん、からん、と一歩ごとに乾いた音が響く。ふたりとも、慣れない下駄で足どりがおぼつかない。

「そのゆかた、ほんと似合ってる。前に着てた緑のより、渋くてかっこいい」

ナナがまた言った。一海は少し迷った末に応えた。

「親父のなんだ」

玄関口で見送ってくれた母は、お父さんにそっくり、と目を潤ませていた。

「そっか」

ナナが一海の手を握った。

父は一海が高校を卒業する直前に亡くなった。突然のことだった。前日までは普通に働いていて、頭が痛いから早めに寝ると言って床につき、翌朝になっても起きてこなかった。救急車がやってきたときには、もう手遅れだった。

港へ近づくにつれて、どんどん人通りが増えてきた。

一海たちのような若い男女もいれば、親子連れや老夫婦もいる。子どもたちばかりが数人で、なにやら叫びながら駆けていく。はっぴを着て頭にはちまきを巻いた中年男が、ふくらんだコンビニ袋をいくつもぶらさげて歩いている。一海とナナは人々の流れに乗って、埠頭の一画に設けられた会場に足を向けた。

色とりどりの風船で飾られたアーチ形の門をくぐると、混雑と喧騒がさらにひどくなった。はぐれないように、一海はナナの手を握り直した。

毎年のことながら、すさまじい人出である。まだ明るいのに耳まで赤く染まっている男たち、屋台の店先で世間話に興じる女たち、奇声を上げて走り回る日焼けした子どもたち、誰もが生き生きと顔を上気させている。出店の間をぬう狭い通路に、威勢のいい呼びこみの声が飛びかっている。焼きそば、金魚すくい、フランクフルト、くじびき、りんご飴、お面、ベビーカステラ、並んでいる店は年ごとに違うはずなのに、子どもの頃と変わっていないようにも感じられる。雑多な食べもののにおいがまじりあって渦になり、鼻腔をくすぐる。

「なんか食べようか？」

「あたしはたこ焼きがいいな。ビールも飲む。一海は？」

「ええと、どうしよう。焼きそば？　でもソース味がたこ焼きとかぶるよな。ベビーカステラはビールに合わないし……」

「出た、迷い性」

結局、屋台の間を行ったりきたりして、焼き鳥とたこ焼きと缶ビールを二本買った。岸壁のそばに空いているベンチを見つけ、ふたり並んで腰かける。海からぬるい潮風が吹いてくる。

ビールの缶を打ちつけて乾杯したとたんに、出店やステージに飾りつけられた提灯がいっせいについた。黄色いあかりが薄闇をひきたて、夕暮れの風情が一気に深まる。ベンチの真正面には、真新しいコンテナ船が停泊している。あまりに大きいので、この近さだと、黒い壁がそびえているように見える。

「この船、一海もかかわったの?」

焼き鳥の串を片手に、ナナがたずねた。

「どうかなあ」

一海は船体を眺め回した。懸命に目をこらしても、自分の手がけた小さな部品を見てとれるわけもないのだが。

「え、覚えてないの?」

「だって去年の話だよ」

「そんなに前なんだ?」

「工期が長いからね。このくらい大型だと、成約から完成まで二年はかかる」

建造期間だけでも、一年近く必要だろう。その中でも比較的初期の段階にあたる組立課での作業は、去年の後半あたりに行われていたはずだ。その時期になんの仕事を割り振られていたか、記憶は定かでない。どんなに小さな部品でも、船の一部としてどこかに組みこまれるわけで、全体像を思い浮かべながら作業するとおもしろいと井口にはよく言われるが、一海はまだ手もとの指示書どおりに溶接をこなすだけで精一杯だ。一年先まで想いをはせる余裕は、なかなかない。

ただし、先月からはじまった仕事は少し違う。

「今は大型客船の部品を作ってるんだよ」

ビールをひと口すすり、一海は言った。なんでも、客船としては北斗造船はじまって以来最大の、いわゆる豪華客船だそうで、課内でもよく話題に上っている。

「へえ。世界一周とかできちゃうやつ？　いいなあ、乗ってみたいな」

ナナがため息をついた。この町で生まれ育った者は、男女を問わず船好きが多い。

「一海、すごいね。そんな船を造ってるなんて」

「造ってるっていっても、ほんの一部だけどね」

「一部だって、たいしたもんだよ。あたしなんか、朝から晩までずっとお客様の文句を聞いてるだけだもん」

「そっちのほうが、たいしたもんだよ」

コールセンターのオペレーターとして働くナナの主な業務は、苦情対応だそうだ。就職した当初は、朝から晩まで不平不満ばかりを聞かされて気がめいる、とたびたびこぼしていた。前向きな性格ではあるものの、もともとがまん強いほうとはいえないナナに、無事につとまるだろうかと一海もひそかに案じていた。

けれど一年も経たないうちに、本人いわく「悟りが開けた」らしい。今では、コツは絶対に感情移入しないことと、電話を切った時点で内容はすべて忘れること、などと達観したことを言っている。

「なんか、珍しいね。一海が仕事のこと話してくれるって」

ナナがぽつりと言った。

「そうかな?」

「そうだよ。いつもあたしの話ばっかりじゃない。たまには愚痴っていいんだよ」

「あんまり愚痴がないからなあ」

「なによ、優等生ぶっちゃって。それとも自慢?」

一海をにらみ、ビールをあおる。その恨めしげなまなざしに刺激されたのか、それとも心地よい酔いが回ってきたせいか、一海はまだナナに言うつもりではなかったことを口にしていた。

「実はさ、社内公募に応募してみようか、迷ってて」

北斗造船の社内公募制度は、数年前にはじまったという。年に一度、定員に空きのある職種が社員に公開され、自由に応募できる。

「異動したいって自分から立候補するってこと？　会社が上から決めるんじゃなくて？」

ナナがビールの缶を軽く潰し、けげんな顔でたずねる。

「最終的に決めるのは会社だけど、手は挙げられる」

言ってみれば、外から新たに人材を雇い入れるかわりに、社内で調達するしくみだ。応募用紙も、就職活動のときに用意した履歴書と似ていた。志望動機や経歴、応募先の部門でやってみたいことなどを書く。書類選考を通過すると、募集元の担当者と人事部による面接がある。その段階では、本人の現部署や上長にはまだ知らせず、合格が確定してはじめてその旨が通知され、異動に向けた調整がはじまるらしい。

「ふうん」

ナナは考えこむように眉を寄せた。

「そんなことして大丈夫なの？　わがままだって会社に思われない？」

それは一海も気になっている。会社にというか、世話になっている課の上司や先輩に対して、失礼じゃないか。一海としては、決して組立課そのものに不満があるわけではないけれど、出ていきたいと言われていい気分はしないはずだ。

「まあ、まだ応募するって決めたわけじゃないから」

たちまち弱気が襲ってくる。単純に、組立課で人手が足りなくなるおそれもある。二年以上も手をかけて育ててもらっておきながら、今さら個人的なわがままで異動したいなんて、はたして許されるものなのか。手放す側にとっては迷惑な話だから、選考も現部署には内密に進められるのだろう。

「じゃあ、いつ決めるの？」

ナナがすかさず聞いた。

「実は、今月末が締切なんだけど……」

「もう明日じゃない！」

時間がないのは、一海も承知している。この三週間、考えれば考えるほど悩んでしまって、結論が出ないのだ。

「わがまま、かな？　やっぱり」

「わがままっていうか、甘いっていうか……」

一海をけなすというよりも、ひとりごとが無意識にこぼれ落ちたような口ぶりだった。

一海がなんとも応えられずにいるうちに、ナナは気持ちを切り替えるかのようにぶるんと首を振り、口調を変えた。

「そういえば、今日って井口さんは大丈夫だったの？」

わざとらしいほど明るい声音に合わせ、一海も笑顔を作る。

「ちょっと気まずかった、かも」

「えっ、そうなの？」

おとといの帰りがけに、祭りに行こうと誘われた。

「すみません、彼女と約束をしてるんです」

一海が勇気を奮って断ると、井口はにこにこして言った。

「そうか。ほな、ナナちゃんも一緒に三人で」

「いえ、あの、実は、ふたりでゆっくり会うのもけっこうひさしぶりなんで……」

一海はあせって言い返した。あせりすぎて、舌がもつれかけた。井口はつかのまぽかんとして、それから小刻みにうなずいた。

「そっか、そうやんな、すまんすまん」

はじかれるように、踵(きびす)を返して去っていったので、表情は確かめられなかった。

「明日また謝れば大丈夫……だと思うんだけど」

「なにその不安そうな顔」

ナナがくすりと笑った。ぬるくなってしまったビールを、一海は飲み干した。

八時前に、会場の照明が心もち落とされた。しぶとく残っていた夕焼けもさすがに去り、空もすっかり暗くなっている。

「一海のゆかたとおんなじ色だね」

ナナが頭上をあおいでつぶやいた。

一海もつられて空を眺めた。日中には出ていた薄雲も消え、星がぱらぱらと散っている。くろぐろとした夜空に、祭りをしめくくる打ちあげ花火がさぞかし映えるだろう。

「さっきはごめん」

ななめ上に視線を向けたまま、ナナは切り出した。

「一海はいろいろ考えてるのに、水をさすようなこと言って。うちの会社だと、自分から動きたいって言い出すなんてありえないから、ちょっとびっくりしちゃって」

落ち着いた声だった。

「うちはさ、しんどいって軽く愚痴っただけでも、何様だよって怒られるから。仕事をえり好みするもんじゃないって。それで辞めちゃう子もけっこういるんだよ」

社内公募の話が出てから、いつになく口数が少なくなっていたのは、機嫌をそこねたせいではなかったらしい。頭の中でずっと考えてくれていたのだろう。

「でも、北斗造船はしっかりした会社だもんね。そういう制度があるくらいだし、異動したいって真剣に言えば、きちんと考えてくれるよね」

　実はね、と一海に向き直る。

「あたしも就職活動のとき、北斗造船受けたんだ。事務職で」

　一海にとっては初耳だった。唐突に話が飛んだのにも驚いた。けれど、続きはすぐに察しがついた。

「あっさり落ちたけど」

　業界柄、文系職は理系職に比べて採用枠が格段に少ない。離職者もほとんどいないようなので、狭き門のはずだ。社内公募でも、募集をかけているのは技術部門ばかりだった。

「で、ちょっとだけひがんじゃってたのかも。わがままとか甘いとかって言ったの、忘れて。一海はうまくいってるんだとばっかり思ってたから、急に聞いて混乱しちゃって
……」

「ナナ、あのさ」

　一海は口を挟んだ。

「おれ、設計部に応募しようと思ってるんだよ」

「設計部？」

　ナナは首をかしげ、はっと目を見開いた。

「ああ、そっか、おじちゃんの」

「うん」

「ごめん。あたし、全然気づかなくて」

「いや、こっちこそいきなり驚かせてごめん」

「謝ることないよ」

ナナが一海の目をのぞきこんだ。

「話してくれたほうが、あたしはうれしい。一海、気を遣いすぎだもん。なんでも自分だけで抱えこんで、相談してくれないし」

「そうでもないよ」

ナナには、と一海は言い添えた。ナナの目もとがふっとほころんだ。

ナナには、ナナにだけは、一海はどうも甘えてしまうのだ。ふたりでいると、気がゆるむ。無理に予定を変えてもらったり、不用意に口をすべらせたりもする。

「ごめんな」

ナナならきっと許してくれる、と安心してしまっているのだ。他の相手に対するときみたいに、きらわれないか、愛想をつかされないか、いちいち気に病まずにすむ。

「だから、謝ることないんだって。一海の場合、自分ではあつかましいって思うくらいでちょうどいいよ。そうだ、井口さんを見習えば？」

井口には申し訳ないけれど、一海はつい苦笑をもらした。

「井口さん、たぶん怒ってないよ。断るのって、相手を選ぶもの。特に一海は」

ナナもいたずらっぽく微笑んでいる。

「いくら空気読まないって言ったって、二年以上も一緒に働いて、そのくらいわかってるはず。ま、まだまだあたしにはかなわないけどね」

「ナナだって」

照れくさくなってきて、一海は割って入った。

「おれに話してくれてないこともあるんじゃないの？　北斗造船受けてたなんて、全然知らなかった」

「だって、一海が内定もらったって先に聞いてたから。変に気を遣わせても悪いし……って、あたしも一海のこと言えないね。柄にもなく気を遣っちゃって」

ナナは肩をすくめ、真顔に戻った。

「でも、一海が受かったのは、あたしもうれしかったんだよ。それは信じて」

「うちの親父も」

一海は思いきって口を開いた。

重たい雰囲気になって、それこそ気を遣わせてしまいそうで話しそびれていたけれども、ナナには父のことも少しずつ聞いてもらってもいいかもしれない。いや、聞いてもらいたい。

「おれが北斗造船に入ることになって、すごく喜んでた。一緒に働くのを楽しみにしてたんじゃないかな」

先人から若い者へ、設計図は引き継がれていくと父はいつか言っていた。大切につながれてきたその長い長い鎖の端に息子も連なるのだと、誇らしく感じてくれていたのではないか。内定をもらえたと報告したときの、はじけるような笑顔を思い出すたびに、一海の胸はきゅっと縮む。息子の配属先を知らないまま、父は逝ってしまった。

「ねえ一海、ちょっと思ったんだけど」

ナナが遠慮がちに言った。

「仕事、重なってたんじゃない？　おじちゃんと一海」

「へ？」

間抜けな声が出た。

そんなはずはない。父は一海の就職を待たずに死んだのだ。葬式にはナナも家族と参列してくれた。

「船の工期は長いって言ったよね？　設計してから一海のやってる工程に入るまで、けっこうかかるんでしょ？」

一海は息をのんだ。

「ひょっとしたら、おじちゃんが亡くなる直前に設計してた船の部品を、一海が作ったりしてないかな？」

頭の中で計算する。父が急死したのは三月、一海が組立課に配属されたのが七月だ。たったの四カ月しか、経っていない。

周りから、わっと歓声が上がった。

海の上で、光がひらめいた。金色のひと筋が闇を裂き、天をめざしてするすると伸びていく。次の瞬間、大きな赤い花火がまるくひらいた。


月曜日の朝、一海はいつもより早めに出社した。

作業場の裏手にあたる岸壁のベンチで、井口をつかまえた。始業よりもずいぶん早くやってきて、ここで朝食のパンやおにぎりをかじっているのは知っていた。狭いアパートでひとりぼっちで食べるのは味気ないという。

「昨日はすいませんでした」

「ええよええよ、気にせんとって」

井口は機嫌よく言い、日焼けしたベンチの座面をたたいた。うながされるまま、一海は隣に座った。

「実はな、ええことがあってん」

祭りの会場で、前から気になっていた女性社員とばったり出くわしたという。

「向こうもひとりやったから、声かけやすくてな。友達と約束があったらしくてすぐ別れたけど、自己紹介はできたし、一歩前進や」

頬を赤らめ、目尻をだらしなく下げている。

「もしかして、うちの部の誰かですか？」

一海も調子を合わせてたずねてみた。建造部には女性がほとんどいない。名前を聞けばわかるかもしれない。

「ちゃうちゃう」

井口は思わせぶりに周りを見回した。かもめが数羽飛んでいるきりで、人影は見あたらない。

「あのな、人事やねん」

「人事？」

しっ、と井口がひとさし指を口もとに立てる。

「桜木さんって知らへん？」

「さあ」

「ほんま？　顔は知ってるんやないかと思うけどな。もんのすごい美人やから」

この間応対してくれた無愛想な女性社員の顔を、一海は思い出した。なるほど、井口はああいう高嶺（たかね）の花めいた美女が好みなのか。そういえば、別れた恋人の話もここのところ聞かなくなった。

けれど続きを聞いて、それどころではなくなった。

「宮下も紙もらいにいったときとかに、見かけたんちゃう？」

「紙？」

「うん。社内公募の応募用紙、人事で配ってるやろ」

頭が真っ白になった。今さら確かめても詮（せん）ないことだと知りつつも、一海はかすれ声で問いかけた。

「聞いたんですか？」

「は？」

「僕が、あの、紙をもらいにいったって、その桜木さんが言ってたんですか？」

「いや。なんで？」

井口はきょとんとしている。

支離滅裂な質問をしていることに、遅ればせながら一海も気づいた。祭りではじめて言葉をかわした者どうし、そんな話題になるはずがない。そもそも、桜木は一海の名前も所属部署も、井口の後輩であることも知らないだろう。

「じゃあ、どうして井口さんが知ってるんですか？」

「なんや、そういうことか」

井口がやっと納得顔になった。

「二、三週間前やっけ、帰りがけに駐輪場で会うたとき、会社の封筒持ってたやろ？　茶色い、でかいやつ。あれ見てぴんときてん。うちの同期も、同じの持っとったからな」

「気づいてたんですか」

「気づくやろ普通」

「どうしてあの場で聞かなかったんですか」

「だって、明らかに聞かれたくなさそうやったし」

井口は平然と言う。

「冷たいよなあ。ずうっと一緒に働いてて、もうちょい腹割ってくれてもええのに」

「そんな」

「おれはこうやって、なんでも話してるやん。宮下はおれが信用できへんの？」

「まさか」

「まあおれも、口が軽いのは自覚してるけどな」

しょんぼりと言われ、一海はぎくりとした。

「え、じゃあこのことって……」

「冗談やって。黙っててほしいんやろ。誰にも言わへんよ、約束する」

井口がからからと笑い、一海の背中をばしんとたたいた。

「でもこれ、隠すようなことやないで？　正式な制度なんやし、照れんでええって」

一海は照れているわけではない。が、どう説明すれば井口に伝わるのか、見当がつかない。

「で、希望はどこなん？」

「設計です」

「ああ、高校ではそっち系の勉強してたんやもんな。通るといいな」

「あの」

一海はおずおずと口を挟んだ。

「いやじゃないですか?」

「へっ?」

「僕が組立課を抜けて設計にいきたがってるなんて、井口さんはいやじゃないですか」

「いやって? おれが? あ、さびしいんやないかって、心配してくれてる?」

少し違う。

「さびしいっていうか、裏切られた感じっていうか、いい気持ちはしないんじゃないかなと思って。さんざんお世話になったのに、恩知らずだと自分でも思いますし」

つっかえながらも、一海は言った。耳が熱い。

「裏切るとか恩知らずとか、なんや大層やなあ。そら、さびしいはさびしいけど、これからもおんなじ会社で働くわけやし。そこまで深刻に考えんでも……」

井口はのんびりと言い、ぽんと手を打った。

「あれ、もしかしてお前、おれらのこと気にしてこそこそしてたん? 大丈夫やって、課長も工場長も、そない人間小さないって。顔はこわいけどな!」

声が大きい。今度は一海が、周りを見回した。

「挑戦したいと思うなら、なんでも挑戦したほうがいい。無理じゃないかとか迷惑じゃないかとか、ちまちま考えなくていい」

井口はかまわずまくしたてる。どういうわけか、いきなり標準語になっている。

「らしいわ」

たじろいでいる一海に、にやりとしてつけ加えた。

「おれもな、昔、先輩にそう励ましてもろてん。宮下もいつか、自分の後輩に言ってやり」

遠くを見るように目を細め、続ける。

「大事なことは、先輩から後輩へ伝えていかなあかん。この会社は何十年もそうやって続いてきたんやで、ってこれも先輩の受け売りやけどな」

「先輩から後輩へ……」

一海の脳裏に、長く連なる鎖が浮かんだ。

「そや、あれってもうじき締切やろ？　出すとき、おれもついてったるわ。桜木さんにも会いたいし」

「え、でも」

「ええやん、もう恥ずかしがることないねんで」

「……実は、さっき出してきました」

白状した一海の顔をしげしげと眺め、なんやそれ、と井口はぷっとふきだした。

「出してしもたんやったら、今さらあれこれ考えこむ必要あれへんやん。ま、宮下らしいっちゃ宮下らしいけどな」

始業の予鈴が鳴りはじめた。井口がベンチから立ちあがる。

「桜木さんはデスクにおった？」

「さっきはいなかったですけど」

「昼休みはおるかな？　用もないのに顔見にいったら、あやしまれるやろか？」

井口の後について通用口をくぐろうとして、一海はふと振り向いた。船出を知らせる汽笛の音が、聞こえた気がしたのだった。

仕事のはじまりを静かに待つ、クレーンやフォークリフトの向こうに、夏の海が白く光っていた。

櫂(かい)を漕(こ)ぐ

たった一分遅れただけなのに、大会議室のドアはすでに閉まっていた。

回れ右したくなるのをがまんして、川瀬修は力任せにドアノブをひいた。がたん、と思いのほか大きな音が立った。

中はほぼ満席だった。入口を背にして座っている三、四十人ほどがいっせいに振り向いて、川瀬のほうを見た。彼らの向こう、部屋の前方にはホワイトボードが置かれ、傍らにマイクを持った小柄な中年男が立っている。

目が合って、にらまれた。つりあがった一重まぶたの細い目が、きつねを連想させる。

「皆さん、今後はこれまで以上に、行動には気をつけて下さい」

おもむろに部屋を見回して、彼は言った。

「部下は皆さんのことを常に見ていますから」

川瀬はうんざりしながら、唯一空いていた、一番前の列の端に腰かけた。きつねの真正面である。

「ではあらためて、はじめさせていただきます。二時間の短い研修ですが、どうぞよろしくお願いします」

　まばらな拍手が起きた。二時間もあるのか、と川瀬はさらにうんざりして、ホワイトボードを見上げた。管理職研修、と大きく書かれている。

　予定時刻きっかりに、研修は終わった。川瀬は配られた資料を持ったまま事務所を出て、工場に併設されている水槽試験室へと直行した。

　部下のふたりはもう来ていた。私服の上から白衣をはおり、部屋の中央に据えられた装置の前で立ち話をしている。

「あ、川瀬さん。おつかれさまです」

　こちらを向いていた古谷（ふるや）が先に気づいて、一礼した。川瀬とは同年代のはずだが、短く刈りこんだ髪に白いものが目立つせいか、思慮深げな物腰のせいか、幾分年上にも見える。

「おつかれさまです」

　隣の新垣（あらがき）も振り向いた。首をめぐらせた拍子に、栗色の長い髪がふんわりと広がる。こちらはまだ入社三年目なので、川瀬たちとはひと回り以上も年齢が離れている。

　技術開発部第三課は、川瀬を含めて総勢四名の、こぢんまりとした部署である。古谷と新垣のほかにもうひとり、中山（なかやま）という三十代半ばの男性社員がいる。三人とも大学院で船船工学を学び、入社後すぐに技術開発部に配属されたと聞いている。古谷と中山は、第一課や第二課に所属していた時期もあるそうだ。

第一課から第三課までは、それぞれ異なる業務を担当している。

第一課の役割は、船型の開発だ。船の長さや幅などによって水からの抵抗やエンジンの推進効率が違ってくるので、過去のデータと照らしあわせ、新船の速力や馬力を推定する。また船型は、機関室や貨物倉、プロペラや舵(かじ)などの配置にも影響するため、設計部との協議も必要となる。

こうして一課で検討された船型について、二課では水槽試験を実施する。全長数メートルにまで縮小した模型船を作って水槽に浮かべ、船体にかかる抵抗や水流を計測し、性能を確認するのだ。わずかな誤差でも実船では影響が大きいから、模型の精度や機器の設定には細心の注意をはらわなければならない。試験結果を受けて修正を加え、最終的にはさらに大型の模型を使った評価試験も行う。

そして三課はその他全般、言い換えれば、一課と二課の担当外の技術を受け持つ。従って、研究対象はすこぶる多岐にわたっている。もちろん四人でなにもかもこなせるわけもなく、そのときどきで課題をしぼりこんで対応する。たとえば、船型の改良を伴わずに性能を改善するための策として、省エネ装置と呼ばれるプロペラやダクトなどの付加設備を検討したり、船殻（せんこく）の構造解析によって安全性を検証したり、といったところは継続的に手がけている。過去には、生産技術の面から、建造計画全体のシステム管理やロボットを使った効率化の検討にも取り組んできたという。

課ごとに具体的な業務は違っても、それぞれの要素は密接にかかわりあっていて、連携は欠かせない。複数の課をまたいでチームが組まれることもしばしばあるし、課の間での異動も珍しくない。

この四月に行われた定期異動でも、これまでの技術開発部長が他部門に配属されたのを受けて、第一課長が部長に昇格し、第二課長が一課へ、第三課長が二課へといわば玉突きのように動いた。空いた三課に充（あ）てられたのが、川瀬である。

川瀬は先月、四月一日付で、設計部から技術開発部に異動してきた。同時に、第三課長、つまり管理職に任命された。

「川瀬さん、目が死んでますよ。研修、ハードでした？」

眉をひそめている新垣に、川瀬は短く答えた。

「疲れました」

仕事に集中していれば、知らないうちに経ってしまう二時間は、異様にのろのろと過ぎた。

「まずは皆さん、管理職への昇格おめでとうございます」

人事課長と名乗ったきつね顔の男が、のっけからとんちんかんなことを言い出し、川瀬はますます鼻白んだ。

昇進そのものは、むろん喜ばしいことのはずだった。給料が上がる。裁量権も広がる。これまでに比べてより大きな仕事を、より自由にできる。出世欲というものの薄い川瀬にとっても、仕事がやりやすくなるのは大歓迎だった。

「先ほども申しあげたとおり、管理職になった以上は、部下のお手本になるように日々心がけていただきたいと思います」

実際のところ、給料は上がった。裁量権も広がった。しかし、より自由に働けるという期待は、完全にはずれた。

この研修からして、はっきり言って仕事のじゃまだ。朝に弱い川瀬にとって、午後一番は本格的に頭が働きはじめる貴重な時間帯なのだ。会議室にブロイラーよろしく詰めこまれ、役にも立たない管理職の心得とやらを説かれているひまはない。

「組織をまとめ、人材を育てていくのが、管理職の役目です。人材は会社の命ですから、管理と育成はとても重要な課題です。定期評価はもちろん、日々の業務でも密にコミュニケーションをとって、部下との信頼関係を築きあげて下さい」

管理職は部下の目標設定を手伝わなければならない。その目標に照らしあわせ、仕事を割り振り、指導を行う。今後は年に二度、自分だけでなく部下たちの分まで評価面談をやらされるのかと思いいたり、川瀬はまたしてもげんなりした。人事評価というやつは、新入社員のときからずっと苦手だ。

目標に対する達成度をはかり、部署や会社への貢献を確認するとともに、これからの改善策を考える、という趣旨はわかる。ただし設計部の場合は、営業件数や建造日数といった、評価のよりどころとなる数値がほとんどなく、どうしても定性的な判断に偏ってしまう。確固とした根拠を持たずに、しかも自分の仕事ぶりのよしあしを他人と話しあわねばならないのは、苦痛としかいいようがなかった。なにかについて意見をのべるには、きちんとした裏づけとなるデータが欠かせないと川瀬は信じている。

とはいえ川瀬への評価は悪くなかった。計画的に作業を進め、納期内に必ず業務を完遂し、成果物の品質も高い。二十年近くも設計部にいて、上司は何度か代わったけれども、誰もがそう認めてくれた。それが今回の昇進につながった、と三月の内示のときに部長からも言われた。

彼いわく、四十代前半で課長になるのは、社内の平均よりもいくらか早いそうだ。この調子でがんばれよ、とつけ足したのは、激励のつもりだったのだろう。課長や部長の年次や年齢を気にしたこともなく、同期の出世にも社内の政治的動向にもひとかけらの関心もない川瀬には、はあ、がんばります、と間の抜けた相槌しか打てなかったのだが。

古谷と新垣の後について、水槽の正面に移動する。

今回使うのは、回流水槽と呼ばれるものだ。水槽と聞いて一般に思い浮かべるような、魚を飼うための透明な箱形の容器とは、まったくの別物である。くすんだ深緑色の金属製で、幅は三メートル、奥ゆきは十数メートルもあり、水を循環させられる構造になっている。中に船なりその一部なりの模型を固定して、水流を発生させ、表面に働く力を計測したり、周りの流れを観察したりできる。

側壁は、ちょうど川瀬の胸に届くくらいの高さだ。中をのぞいてみると、ウレタン製のかわいらしい小舟が水面に浮かんでいた。

「試験の概要です」

古谷が手もとのファイルから紙を一枚抜きとって、川瀬に差し出した。

「口頭でも、簡単に説明を」

古谷から目くばせされた新垣が、姿勢を正して口を開いた。

「実験の目的は、大型コンテナ船に搭載するフィンスタビライザーの改良結果の確認です」

神妙に資料を読みあげる新垣の横で、古谷はゆるく腕を組み、うなずきながら聞いている。

「フィンの形状は三角形で、プロペラ前方の船尾に左右一対で取りつけます。船尾の下降流が整流でき、船体抵抗が低減されます。従来は、馬力が約二パーセント節約されていました」

古谷や中山が各自の担当テーマに沿って主体的に研究を進める一方で、若い新垣は古谷が教育係として補佐している。前第三課長の須藤（すどう）によると、一度ひとりでやらせようとしてみたところ荷が重そうだったので、見かねたらしい古谷が、面倒を見ようかと自ら申し出たそうだ。彼のこまやかな指導のおかげで、その後新垣は着々と力をつけてきたという。

「今回の見直しでは、船ごとのプロペラの形状に合わせて、フィンのサイズだけでなく曲面も微調整しています。現状からさらに五割減、計三パーセントの馬力の低減が見こまれます」

「ちなみに、三パーセントは平均値です。船によっては四、五パーセントくらい出る場合もありそうです」

古谷が時折、新垣の説明に補足を挟む。

「はい。特に肥大船では効果が高くなるはずです」

ふたりと働きはじめて日の浅い川瀬の目にも、それこそ人事課長が熱弁していたような、信頼関係が見てとれる。いちいち細かく説明してくれなくてもいいのに、とつい考えてしまう川瀬よりも、古谷のほうがよほど管理職にふさわしいだろう。

もっと言えば、この実験に川瀬が立ち会うべきなのかも疑問だ。自分たちで勝手にやって、満足のいく結果が出たら、かいつまんで教えてくれればいい。彼らの研究内容に興味がないわけではない、むしろ気になるけれども、川瀬は川瀬でやらなければならない仕事を抱えている。他人の試行錯誤に逐一つきあわされていては、時間がいくらあっても足りない。

川瀬が設計部で働いていたときには、納期までの作業予定も段取りも、自分で考えて自分で決めた。上司にはたまに進捗状況を伝え、しあがった図面に目を通してもらうくらいで、やりかたはほぼ一任されていた。

もともと公私にかかわらず、自分自身で緻密に計画を立て、そのとおりに物事を進めていきたい性質だ。会社に入ってからは、なにもかも思いどおりにするわけにはいかなくなったものの、それでも年を経るにつれ、自分なりの時間配分で仕事を進められるようになっていた。期限と品質さえ守れば文句は言われない。やりとげた仕事のできばえに自信もあったし、周囲も認めてくれていた。

技術開発部にやってきて、だから驚いた。

部門としての慣習なのか、あるいは性格の問題なのか、部下たちはなにかにつけて川瀬をつかまえては確認する。きまじめな古谷もおっとりした新垣も陽気な中山も、皆そろってその調子なので、やはり個人というより部署の色なのだろうか。異動してきた当初は勝手がわからず、彼らの流儀に従ってきたけれど、そろそろなんとかしたい。話しかけられるたびに思考や作業が中断され、非効率この上ない。

「部下がどのくらい成長できるか、また活躍できるかは、上司の皆さんひとりひとりにかかっています。彼らのキャリアについて親身に考え、相談に乗ってあげて下さい」

研修で人事課長の話を聞きながら、違うだろう、と川瀬は心の中でひとりごちずにはいられなかった。

個人の能力や技術は、他人が伸ばしてやるものではない。本人が努力して積みあげていかなければならない。川瀬自身も、上司に頼ろうなどと考えたこともない。業務上の質問や確認はしても、キャリアだの悩みだの、ややこしい相談を持ちかけようという発想はなかった。

「組織の結束を強くするのも、リーダーとして大切な役割です。仲間意識を高め、働きやすい環境を保つことで、業務の品質も向上します」

それも、違うだろう。

確かに職場の雰囲気はいいに越したことはないが、組織の結束や仲間意識というのはまた別の話だ。子どもの遊びではあるまいし、仲よしこよしで仕事がはかどるわけでもない。いかにも親密そうな内輪の空気を、誰もが居心地よく感じるとは限らない。

川瀬は仕事が好きだ。この間まで手がけていた設計の仕事も、今やっている技術開発の仕事も。お願いだから、集中させてほしい。

考えなければならないことは、山ほどある。部長からは今期の重点研究領域について全体案をまとめてくれと言われているし、会議資料もいくつか準備しなければならない。最近他社で開発されたという、船体の摩擦を低減する新塗料についても、詳細を調べてみたい。それから、また別の企業が発表した、作業員のヘルメットにＩＣタグを内蔵して建造工事中の位置把握と安全管理をはかるという試みも、気になっている。

「川瀬さん？」

気づいたら、新垣の説明が終わっていた。川瀬はあわててうなずいた。

「では、はじめます」

新垣が装置の操作盤に近づいて、ボタンを押した。ざざざざ、と重たげな音とともに、水面にさざ波が広がっていく。


試験を終え、三人そろって事務所に戻った。

技術開発部の執務室は、七階建ての事務所の四階にある。窓から海の見える大部屋に、第一課と第二課、部付きの契約社員たちも合わせて総勢数十人が、机を並べている。

第三課の、田の字形にくっつけた四つの席は、ひとつだけ埋まっていた。

「おつかれさまです」

新垣が快活に声をかけると、ぽつんと座ってパソコンをのぞきこんでいた中山が、キャスターつきの椅子ごと振り向いた。

「おつかれ。ひとりぼっちでさびしかったよ」

くまを連想させる巨体に、甘えた口調がまるで似合っていない。学生時代にはアメフトだかラグビーだかをやっていたらしい。ちなみに新垣はテニス部で、古谷は囲碁部だったそうだ。日々の雑談を通して、むだな知識がどんどん増えていく。

「すみません。中山さんにも来てもらえばよかったですね」

隣の席に座りながら、新垣も調子を合わせる。このふたりも、新垣と古谷の組みあわせとはまた違う感じで、息が合っている。ダイエットだのテレビドラマだのの話で盛りあがっていると、なんだか兄妹のようだ。

古谷が新垣の向かいに座った。その横に川瀬も腰を下ろし、パソコンを立ちあげた。席をはずしている間に、メールが何通か届いている。至急、と脅迫的な題名の一通をまず開こうとして、画面の隅に表示されている時計が目に入った。いつのまにか四時半を過ぎている。

終業時刻まであと一時間もない。愕然（がくぜん）としているところへ、声をかけられた。

「川瀬さん、ちょっといいですか」

正面の中山が腰を浮かせ、パソコンの向こうから川瀬を見下ろしていた。よくないと答えるひまもなく、ホチキスどめした二、三枚の紙を差し出してくる。

「来週の報告会用の資料を作ってみたんですけど」

「ああ、どうも」

川瀬は資料を受けとり、キーボードの横に置いて、パソコンの画面に視線を戻した。

「あの」

目を上げると、中山がまだ立ったまま、川瀬を見ていた。

「そういう方向で大丈夫でしょうか」

遠慮がちにたずねる。それは自分で考えてくれと答えたくなるのをぐっとこらえ、川瀬は資料をぱらぱらとめくってみた。

「いいんじゃないですか」

「でも、ちょっと文字が多すぎますよね？」

「そうですか」

「もっと図やグラフも入れたほうが、視覚的にわかりやすいでしょうか？」

「そうですね」

「わかりました。ありがとうございます」

ようやく中山が座り直してくれたと思ったら、すみません、と今度はななめ向かいの新垣が立ちあがった。

「川瀬さん、ちょっといいですか」

「はい？」

「来週のご予定ってどんな感じですか？　何曜日が空いてます？」

「ええと、ちょっと待って下さい」

新着メールがまた一通届いたのはひとまず無視して、川瀬はメールソフトと連動しているスケジュール表を開いた。

月曜の午後は課の週次定例、火曜の午前には部の月次定例が入っている。さらに午後は、古谷が手がける新型プロペラの抵抗試験に立ち会うことになっている。水曜は中山が主担当となっている騒音対策プロジェクトの報告会に同席した後で、省エネ技術の合同検討会議にも出なければならない。発表で使う資料には、まだ手をつけていない。会議が多すぎて、自分の仕事がはかどらないのだ。会議に出るのも仕事のうちだといっても、大半の時間は他人の話をじっと聞くばかりで、どうも働いている実感がわきづらい。

「月曜から水曜はかなり詰まってます。今のところ、木曜か金曜なら比較的手が空いてますが」

言いかけて、午前中に、共同研究を行っている地元の大学から電話がかかってきたのを思い出す。

「いや、金曜は共同研究の件で大学のほうに呼ばれてました。昼過ぎにはこっちを出るかと」

「あの、そうじゃなくて」

新垣が首を振った。

「昼間じゃなくて、夜の予定を教えて下さい」

「夜？」

「はい。お誕生日会の日程を決めようと思って」

「お誕生日会？」

「ええ。川瀬さんの」

誕生日はいつかとたずねられたのは、異動直後の初顔あわせのときだった。戸惑いながらも、川瀬は問われるままに答えた。

「五月ですけど」

「あ、もう来月ですね。何日ですか？」

「十八日」

「やっぱり。ふたご座よりもおうし座って感じですもんね」

研究職のくせに非科学的なことを言うんだな、とそのときは思っただけで、それ以上は聞かなかった。

「さっきの予定だと、早めにはじめられそうなのは木曜ですかね？」

中山も口を挟む。

「川瀬さん、なにか食べたいものってあります？　あと逆に、苦手なものとか」

「こないだできた居酒屋はどうかな？　裏門の向かいの」

「ああ、あそこ、ちょっと気になってたんですよね」

勝手に話が進んでいく。

「いや、あの」

川瀬はようやく割って入った。

「ちょっと無理です。仕事がたてこんでるので」

大のおとなが職場で誕生日会を開くなんて、若い者は妙なことを考えつくものだ。そもそも祝われるような年齢でもない。

「でも、歓迎会もまだできてないですし」

新垣が申し訳なさそうに言う。

「気を遣わないで下さい」

できなかったのではなく、しなかったのだ。川瀬が辞退した。仕事も満足にこなせていないのに、のんきに遊んでいる場合ではない。

そうでなくても、終業後の時間は自分のために使いたい。川瀬は本来、就業時間内に集中して効率的に仕事をすませる主義である。異動してきて以来、残業したり家まで仕事を持ち帰ったりもしているけれど、設計部にいた頃はよほどのことがなければ定時に帰宅していた。月曜と水曜は体力維持のために近所をジョギングし、火曜と木曜は英語の勉強、金曜は専門書を読む時間にあてていた。一刻も早く仕事を軌道に乗せ、くずれてしまった習慣を再開したい。

「最近、飲み会してないよなあ」

中山が残念そうにつぶやく。はたと名案がひらめいて、川瀬は言った。

「じゃあ僕抜きで、三人でどうぞ」

「だめです。主役がいないと」

新垣にきっぱりと退けられ、はっと気づいて言い添える。

「お金なら、出しますよ」

「もっとだめです」

新垣がため息をついた。

「川瀬さんが主役なんだから、わたしたちのおごりですよ」


翌週はやはり飲み会どころではなかった。特に水曜日が、最悪だった。

省エネ技術の合同検討会議は、設計部や建造部もまじえ、部門横断で行われている。毎回、各部署から検討課題に対する見解や調査結果などについて発表があり、質疑応答や意見交換が続く。技術開発部では、三人の課長が持ち回りで発表を担当している。

今回はじめて、川瀬に当番が回ってきた。内容そのものは、事前に部長や一課と二課の課長たちとも話しあった。船に折りたたみ可能な帆をつけて風力を活用し、燃費を改善するという技術を、新規の研究課題として提案することになっていた。川瀬が言い出した案である。他社の取り組み事例を紹介し、今後の可能性を探ってみてはどうかという趣旨でまとめた。

方向性は悪くなかったと思う。ただ、完全に準備不足だった。

説明していて、わかりづらいと自分でも反省する箇所がいくつもあった。案の定、発表が終わると、他部署から質問が続出した。柄にもなく動揺してしまったせいか、うまく答えられないものもあって、見かねた部長が横から助け舟を出してくれた。屈辱だった。

「すみませんでした」

会議が終わり、出席者たちがぞろぞろと部屋を出ていくのを横目に、川瀬は部長に謝った。

「しかたがないよ、はじめてだし。次がんばって挽回してくれたらいいから」

部長はあいまいな笑みを浮かべ、川瀬の肩をたたいた。もう一度頭を下げて彼を見送ったところで、横から声をかけられた。

「川瀬くん、おつかれさま」

村井だった。

「やられてたねえ」

楽しそうに言う。砂色の作業服や黒っぽい色のジャケットを身につけた男たちの中で、若草色のブラウスが目をひく。

「すみません。準備不足で」

うなだれている川瀬に、村井は無造作に首を振ってみせた。

「そんなに落ちこむことないって。自分でわかってたでしょ？　反省もしてたでしょ？しまった、って顔してたもんね」

「はあ」

それのどこが大丈夫なのか、川瀬には全然わからない。

「わかってるんだったら、いいの。次は気をつければすむ話だもの。一番まずいのは、準備が足りてないのに本人が気づいてないときだから」

村井はさばさばと言う。

「わたしも技術開発にきたばっかりの頃は、よくいじめられたよ。特に工場長ね。あの猪顔でねちねち文句つけてくるんだから、もう半泣き」

この春まで、村井は技術開発部の部長をつとめていた。中山いわく、数年前に就任したときは、創業以来初の女性部長としておおいに注目されたそうだ。

川瀬と村井は、同年度に入社したのが縁で知りあった。川瀬は新卒、村井は中途採用枠での採用だったが、入社後から夏までかけて行われる研修を一緒に受けた。

当時、村井は三十過ぎくらいだっただろうか、まだ旧姓だった。華やかで社交的な雰囲気からして、所属は営業か広報あたりかと思いきや、研究職だと知って川瀬は意表をつかれた。前職は国内最大手の造船会社で、基礎研究に携わっていたという。さばけた性格で、年下の同僚たちともうちとけ、姐御肌（あねごはだ）の先輩として慕われていた。

同期の中でも無口で目立たない存在だったはずの川瀬にも、村井はなにかと話しかけてきた。たまたま同じ大学の出身で、大学院での研究領域もわりと近かったので、親近感を覚えたのかもしれない。最初は声をかけられるたびに若干うろたえていた川瀬のほうも、そのうちに慣れた。技術的な知識が豊富な村井と話すのは、勉強にもなった。

それからヨットの話もあった。

大学時代、川瀬は一時期だけヨット部に入っていた。ボート部とも少し迷い、双方を見学してみてヨットに決めた。大人数で力を合わせて櫂（かい）を漕（こ）ぐよりも、ひとりで風を読んで船を走らせるほうが、向いているだろうと踏んだのだ。団体競技でも個人競技でも、部活動である以上はどのみち「団体」の一員なのだということは、入部してまもなく判明した。体育会系の上下関係についていけず、すぐにやめてしまった。

かわりに、ヨットハーバーでアルバイトとして働きはじめた。こちらのほうは、考えていた以上に長く続いた。学部の四年と院の二年、あわせて六年間にわたって勤めあげ、卒業間際にはこのままうちに就職しないかと社長から打診されたほどだった。

「わたしも学生のとき、ヨット乗ってたのよ」

村井はうれしそうに言った。ただし詳しく聞いてみれば、父親がヨットを所有しているというから、川瀬とは次元が違った。自分のヨットを買うなんて、貧乏学生には夢のまた夢だった。

川瀬が学生時代に乗っていたのは、アルバイト先で顔見知りになった顧客のヨットだった。六十がらみの、みごとに日焼けした快活な男で、どういうわけか川瀬を気に入ってくれた。誰がどのくらいヨットを愛してるか、おれにはひとめでわかるんだよ、と自信たっぷりにうそぶいていた。ここで働いてる中で見どころがあるのは、あんたと社長くらいだな。

あるとき彼がヨットを買い替えて、使わなくなった古いほうを川瀬に貸すと言ってくれたのだった。長年の愛着もあって処分してしまうのはしのびない、ときどき乗ってやってくれ、と。その手間賃として、維持費はそれまでどおり向こうが出してくれる、という条件つきだった。断る理由はどこにもなかった。

それ以降、川瀬は大学とアルバイトを除いたほとんどすべての時間を、ヨットの上で過ごした。食べものや飲みものを持参して乗りこみ、本や参考書を読みふけり、ノートパソコンを持ちこんで課題のレポートも書いた。夜は波に揺られながら眠った。長い休みには遠出もした。何泊かかけて、いくつもの港をめぐった。

「何日もひとりぼっちで海の上ってこと?」

その話をしたら、村井は目をまるくしていた。

「さびしくなかった?」

村井にとって、ヨットは家族や友達と一緒に、にぎやかに乗るものらしかった。

けれど川瀬には、ひとりきりで海の上を進むのは、さびしいどころか心地よかった。たえまない波の音や潮のにおいが体にしみついていくのと同じように、孤独も川瀬の肌になじんだ。長旅の途中、視界から陸地も他の船も消えて、見渡す限り真っ青な海が広がったときは、なんともいえず爽快だった。このまま帆に風を受け、どこまでも進んでいけそうな気がした。

新入社員研修が終わり、それぞれの配属先が決まってからは、川瀬と村井が直接一緒に働く機会はなかった。

村井がたまに連絡をよこし、食堂で昼を食べたり、コーヒーを飲みつつ雑談したり、淡いつきあいが続いていた。数年後に彼女が社内結婚をしたときには、川瀬も二次会に招待された。ウェディングドレスが案外よく似合っていた。

「川瀬くんのこと、推薦してもいい？」

村井がいきなり切り出したのは、半年ほど前のことだった。

「推薦って？」

「技術開発部、興味ない？」

次の定期異動で、人員に空きが出そうだという。

「なくはないです」

村井から新技術の話や実験のあれこれを聞くたびに、川瀬も興味はそそられていた。村井の下で働くのも、なかなかおもしろいかもしれない。

「もう、つれないなあ。わたしの話を聞いて、おもしろそうだなって思わない？」

「思いますが」

彼女の話術にかかれば、どんな話題でも、それなりにおもしろそうに聞こえてしまう。そこをさしひいて判断しなければならない。

「なにそれ、ほめてるわけ？　それともけなしてる？」

「どうでしょう。解釈しだいだと思います」

川瀬が答えると、村井はふきだした。

「川瀬くんって、ほんと相変わらずだね」

話はそこでとぎれた。

川瀬としては、どちらでもよかった。村井の一存で人事が決まるわけでもないだろう。設計の仕事も気に入っている。そのときはちょうど、これまでに手がけたことのない規模の、クルーズ客船の基本設計に携わっている最中だった。前例のない仕事は手探りで進めなければいけない分、大変だけれどわくわくする。

ところが、思わぬ展開が待っていた。


いつのまにか、会議室には川瀬と村井のふたりきりになっていた。

「どう、第三課長は？　慣れてきた？」

「まあ、だんだんと」

「ここだけの話だけど、三課はこれからおもしろくなるよ。社長交代で」

村井は言葉を切り、上目遣いで川瀬の顔をうかがった。

「社長が代わったのは、知ってるよね？」

いくら社内情勢に疎い川瀬でも、さすがにそのくらいは把握している。ただ、それが自分の仕事にどう結びつくのかはぴんとこない。

「ああよかった、知ってたか。ちょっとどきどきしちゃった」

村井がわざとらしく胸に手をあててみせた。

技術開発部を出た後、事業戦略室長に着任した村井の、直属の上司は社長である。具体的な業務を川瀬はよく知らないが、社長直轄で全社の経営方針を検討していく重要な部署だそうで、かっこいいですよねえ村井さん、あこがれちゃう、と新垣は絶賛していた。

村井によると、新社長は技術畑の出身で、新規技術の開発に注力したいと考えているらしい。

「三課って、今まではその他扱いっていうか、一課と二課の手が回らないところを拾っていくみたいな感じが強かったけど、これからはもっと積極的にやっていけると思う。できれば川瀬くんのほうからもがんがんアイディア出してほしいの。またあらためて会議も設定するね」

そう言われてみれば、中長期的に取り組めるような新たな研究課題を設定しよう、と部長もはりきっていた。新入りの川瀬に発破をかけてくれたのかと思っていたけれど、社内の風向きも影響しているのかもしれない。

「古谷くんも元気？　三課はあと中山と、新垣ちゃんか」

「元気ですね。若いふたりは特に」

少なくとも、川瀬よりは元気そうだ。

「最初はちょっとやりづらいかもしれないけど、部下っていいもんだよ。ヨットもいいけど、ボートはボートでまたおもしろいから。だまされたと思ってやってみて」

でもヨットのほうがいい、と川瀬は心の中で答えた。断然いい。

「部下を育てるのも、大事な仕事のひとつだよ」

川瀬が納得していないのが伝わったのだろう、村井は苦笑まじりに続けた。

「先週、研修で習いました」

「ああ、あの長いやつね」

「長かったです」

顔を見あわせ、小さく笑う。

「責任だとか義務だとか、人事は難しいこと言うけど、部下を育てるのって結局は自分のためだとわたしは思うよ」

「自分のため?」

「優秀な部下がいれば、自分の仕事を手伝ってもらえるから。その分、楽ができるでしょ」

「楽、ですか……」

「そんな顔しないでよ。確かに今は、助かるっていうより足手まといかもしれないけど」

川瀬は相槌をひかえた。

「でもね、部下が勝手に育ってくれるのをひたすら待ってるだけだったら、いつまでかかるかわかんないじゃない？　こっちからも手をかけてあげたほうが、絶対早い」

「なるほど」

理屈としては、川瀬にもわかる。少なくとも、管理職という肩書きがついた時点で部下を助け導くべき、という研修での頭ごなしの説明よりは、腑に落ちた。

それが川瀬にとって可能かどうかは、別として。

「まあね、すぐには勝手がわかんないよね。困ったことがあったらなんでも言って。一応みんなのことも知ってるし、相談に乗れると思う」

「ありがとうございます」

そこで会話を切りあげてしまうこともできた。しかし考えるより先に、川瀬は言葉を継いでいた。

「確認や質問が、ちょっと多いような気がするんですけど」

こんな遠回しな言いかたでは、なんのことやら伝わらないかもしれない、と口にしたそばから思ったが、村井はためらいなくうなずいた。

「そうね、ちょっと癖になっちゃってるんだよね。須藤くんがものすごく細かかったから。やりすぎると部下が窮屈だよって、わたしも何度か注意はしたんだけど」

これまでの第三課では、毎日の業務について、課長に対する詳細な連絡と報告が義務づけられていたそうだ。どんなささいなことでも、気になったらすぐに言ってほしい、と須藤はつねづね部下たちに念を押していたという。

「よしあしなんだけどね。若い子だと、自由にしろって言われても困っちゃうこともあるもんね。あんまり放ったらかしてたら、伸びるものも伸びないし」

村井がため息をつく。

「あと、川瀬くんと一緒に働くの、みんな楽しみにしてたから。いろいろ学びたいと思ってるのよ」

「え、そうなんですか？」

川瀬は面食らって聞き返した。異動するまで、彼らと面識はなかったはずだ。

「そうよ、川瀬くんは北斗造船の誇るカリスマエンジニアだからね。うわさがうわさを呼んで、けっこう話題のひとになってたのよ」

「……そのうわさ、村井さんが流したんじゃないんですか」

「ま、細かいことはいいじゃない」

村井は悪びれずに肩をすくめた。

「今までのことは気にしないで、川瀬くんのやりかたでやってみれば？　いろんなタイプの上司と働くのは、彼らにもプラスになるだろうし。あんまり無茶言わない限り、古谷くんや中山ならついてこられるはず。新垣ちゃんだって、もう三年目でしょう」

川瀬くんのやりかた、と言われても、どうしていいものやらわからないが、川瀬はとりあえず反論しなかった。

「でも、課の雰囲気はすごくいいよね？　あの三人、仲がいいから」

「いいですね」

それは間違いない。

「ありがたいことだよ。部下どうしがぎすぎすしてると、ほんとやりにくいから」

「そういえば、誕生日会をやるとかって」

それもまた、須藤の発案なのだろうか。

「ああそれはね、実はもともとわたしのアイディアなの」

村井が胸を張った。

「おとといしだったかな、中山が誕生日直前にふられてしょぼくれてたから、みんなで祝ってあげればって言ったんだ。そしたら、それ以降も定番になったみたいで」

「はあ」

「みんないい子たちだから、教育指導よろしくね」

村井はいたずらっぽく言う。

「新垣ちゃんは古谷くんに任せとけばいいし、あとは中山か。あの子はねえ、どうもひよわなとこはあるけど、追い詰めてみれば意外に化けるかもよ」


デスクに戻るなり、その中山から声をかけられた。

「川瀬さん、おつかれさまでした」

先ほどの会議には、彼も同席していたのだった。

「あの会議、ちょっと緊張しますよね。けっこうな人数だし、しかも他部門のほうがずっと多いっていう」

やけに声が明るい。慰めてくれているつもりなのだろうか。

「部門が違うと考えかたも違ってきますしね。前に須藤さんも建造部にめちゃくちゃ詰められたことがあって、ぐったりしてましたよ」

そういえば村井も似たようなことを言っていた、と川瀬はぼんやりと考える。話の中身は同じなのに、さっきみたいに気持ちがほぐれないのはどうしてだろう。

「あ、わたしもそれ聞いたことあります」

「建造は手強いですよね。現実的っていうかなんていうか、開発の初期段階から、現場の影響を常に気にしますし。特に工場長があれですね、根はいいひとなんだけど」

席についていた新垣と古谷も、口々に言った。川瀬が戻ってくるまでの間に、会議でのいきさつを中山から聞かされたようだった。

慰めなくていい、と川瀬は思わず言い返しそうになる。他部門の人間にもきちんと理解できる、わかりやすい資料を準備できなかったのも、彼らの質問をさばききれなかったのも、おれの責任なんだから。

「とりあえず今日は早く帰りましょうよ、お互いに」

機嫌よく続けた中山に、新垣が言う。

「そういえば中山さんも、今日でひと山越えたんでしたっけ？」

午前中にあった騒音対策プロジェクトの報告会では、中山が技術開発部を代表して発表を担当した。

そちらのほうは、首尾よく終わった。資料も上出来だった。ゆうべ、川瀬も手伝って、深夜までかかってしあげたのだ。

先週から何度か、部分的には見せられていたけれど、川瀬が最初から最後まで通してじっくり読みこんだのは昨日がはじめてだった。論拠の甘い部分や、主観が入りすぎている部分がちらほらまじっているのが気になった。ふたりで話しあいながら、手分けして直した。

「そうだ、川瀬さん、打ちあげがてら飲みにいきません？」

屈託なく誘ってくる中山に、悪気はないのだろう。ないのだろうが、川瀬は返事をする気になれなかった。

時間さえあれば、と思う。時間さえあれば、合同検討会議の資料もきちんと作りこめた。しっかりした資料が手もとにあったなら、自信を持って説明し、質疑応答でも冷静に対処できた。

昨日の夕方から夜にかけて集中してやれば、十分まにあうはずだった。直前まで本腰を入れてとりかからなかったのは、これも昨日の午前中にあった定例会議のついでに部長と話し、その内容も反映するつもりだったからだ。無計画に放っておいたわけでも、怠けていたわけでもない。必要な時間も、やりくりして確保してあった。してあった、つもりだった。

「さっき建造から依頼された、追加の資料を作らないと」

思いのほか、険のある声が出た。きまり悪そうに目を泳がせた中山から顔をそむけ、川瀬は手もとのパソコンに目を落とした。

終業のチャイムが鳴るまでパソコンに向かっていたけれど、作業はさっぱりはかどらなかった。

中山へのいらだちは、すでに消えていた。むしろ、申し訳ないことをした。せっかく元気づけようとしてくれたのに、やつあたりしてしまった。昨日遅くなったのだって、彼だけのせいともいえない。川瀬が最初からもっと身を入れて確認していれば、ぎりぎりになって修正するはめにはならなかった。

謝ろう。心を決め、川瀬は腰を浮かせた。パソコン越しに向かいの席をのぞいてみる。

中山はいなかった。さっき宣言していたとおり、もう帰ってしまったのかと一瞬思ったが、かばんは置いてある。新垣や古谷に聞こうにも、ふたりとも席をはずしていた。

拍子抜けして椅子に座り直したところで、ひどくのどがかわいているのに気がついた。席を立って、廊下へ出る。つきあたりの一角に設けられた休憩スペースに、飲みものの自動販売機が置かれている。

休憩スペースのすぐ手前まで近づいたとき、聞き慣れた声が耳に届いた。

「おれ、きらわれてるんですかね?」

川瀬はとっさに足をとめ、壁際に身を寄せた。目隠しがわりの観葉植物にさえぎられて、向こうは見えない。

「そんなことないよ」

答えたのは、古谷だった。

「ありますよ」

中山はさらに言う。

「だって、資料とか作業計画とか作って見せてもほとんど反応ないし、飲みに誘っても拒否されるし」

川瀬はいよいよ動けなくなった。すみやかに立ち去るべきだと頭ではわかっているのに、足が言うことを聞かない。

「でも、昨日は遅くまでふたりでがんばってたんじゃないの?」

「さすがにやばいと思ったんじゃないですか? おれがしくじったら、上司の責任にもなるだろうから」

「そこまで計算してないんじゃないかな。中山ががんばってるのがわかったから、協力してくれたんだって」

「そうですかねえ」

「本人も大変なんだよ。異動してきたばっかりだし、しかも課長に昇進したてだし。慣れてきたら、もっといろいろスムーズにいくようになるよ」

かっと顔が熱くなり、川瀬はこぶしを握りしめた。

古谷の言うとおりだ。川瀬だって、自覚している。慣れないことが重なって、調子が狂っているのだ。余裕がないからあせり、失敗し、つい周囲に腹を立ててしまう。

そんなことは、自分でもわかっている。他人から気の毒そうに指摘されるまでもない。

「ま、そうかもしれないですね。ひと月じゃ、まだわかんないですよね」

中山の声が少し明るくなった。

「さすが古谷さん、おとなだな」

「おっさん扱いするなよ。ひと回りも違わないんだから」

「四十の壁は大きいですって。そういや、こないだ新垣にお父さんって呼び間違えられてましたよね？」

「ああ、あれね。あれはかなり傷ついたね」

「本人、無意識でしたもんね。けどまあ、それだけ頼りにされてるってことで」

楽しげな口ぶりを取り戻した中山は、そこでいったん言葉を切った。心もち小さな声になって、つけ加える。

った。

「古谷さんが課長になればよかったのにな」

「さて。そろそろ戻るか」

古谷が会話を打ち切った。がたがたと椅子をひく音が聞こえても、川瀬はまだ動けなか
った。

「古谷さん、今晩、軽く飲みません？」

「だめ。当日になって急に言うと怒られる」

「うわあ。相変わらず愛妻家だ」

観葉植物の向こうから並んで出てきたふたりは、川瀬の姿をみとめて棒立ちになった。

「ああ、川瀬さん」

気まずい沈黙を破ったのは、古谷だった。

「少しお時間いいですか？」

穏やかな声で問われ、川瀬は黙ってうなずいた。

薄暗い廊下をとぼとぼと歩いていく中山を見送ってから、ふたりで休憩コーナーの椅子
に腰かけた。

「中山はああ見えて、けっこう気が小さくて。実はあれこれ悩んでるんです」

古谷は落ち着いた口調で話しはじめた。

「でもやる気はあるし、実際、一生懸命やっています。詰めの甘いところもあって、傍か ら見てていらいらすることもあるかもしれないですが、どうかあたたかく見守ってやって下さい」

わかりました、と川瀬は言おうとした。他に言いようがない。でも、口から飛び出した返事は、少しだけ違っていた。

「わかってます」

古谷がわずかに眉を寄せた。

「あ、違うんです、そういう意味じゃなくて。中山さんのことは、正直言って僕には全然わかってません。ずっと一緒に働いてきた古谷さんの意見が正しいと思います」

川瀬は言い直した。

「わかっていると言いたかったのは、中山さん本人のことじゃなくて、彼がさっき話していたことで」

古谷が困った顔で口を開きかけ、また閉じた。やけっぱちな気分になってきて、川瀬は続けた。

「僕は管理職には向いていません」

「あの、川瀬さん」

「いえ、よくわかってます。僕も中山さんに賛成です。僕じゃなくて、古谷さんが課長になればよかった」

吐き出すように、言い足した。

「僕も、別になりたくてなったわけじゃないんだし」

古谷が川瀬の目をじっと見た。そして、

「そうですよね」

と、無表情で言った。鋭い視線にとらえられ、川瀬はたじろいだ。

「わたしも別に、なりたくなくて、なっていないわけじゃない」

失礼します、と冷ややかに言い置いて、古谷は立ちあがった。

翌朝、川瀬が出社したときには、三人の部下たちは席についていた。

「おはようございます」

一番に気づいた新垣が、元気よく声をかけてくる。おはようございます、と男ふたりも声を合わせた。

「おはようございます」

川瀬も極力いつもどおりに応えた。

「あ、川瀬さん。昨日お話ししていた件ですが」

古谷に話しかけられ、一瞬ぎくりとした。中山も不安そうな顔で、川瀬たちをうかがっている。

「大学との共同研究関連の資料なんですけど」

古谷はなに食わぬ顔で続けた。

「会議資料とか議事録とかいろいろあるんですが、前期末の役員会用に作った報告書が一番よくまとまっていてわかりやすいかと思います。先ほどメールで送っておきました」

「ああ、ありがとうございます」

川瀬は詰めていた息をそろそろと吐いた。

「他のものは、全部まとめて共有サーバに保存してあります。これからそのリンクも送ります。なにかあればまた聞いて下さい」

てきぱきと説明し終えると、古谷はパソコンに向き直ってキーボードをたたきはじめた。前日のことを蒸し返すつもりはないようだ。

ほっとして腰を下ろした川瀬に、新垣が言った。

「川瀬さん、午後一番に、三十分ほどお時間もらえませんか。来週の作業計画を作ったので」

「いいですよ」昨日の話を、新垣も聞いているのだろうか。古谷はともかく、中山なら喋っていてもおかしくない。

「じゃあ、一時からでいいですか？　そこの会議室、予約しておきます」

新垣は川瀬の背後、執務室の角にある小部屋を指さした。

「わかりました」

気を取り直し、川瀬は古谷の送ってくれたメールを開いた。すんだことは、すんだことだ。せっかくデスクで過ごせる半日を有効に使おう。

昼休みになると、古谷たちは三人で連れだって出ていった。

彼らが一緒に昼食をとるのは特段珍しくない。ふだんは社員食堂ですませ、たまに外の店まで足を延ばしているようだ。川瀬も自席にいると誘われる。最近は仕事がたてこんでいて、のんびり食べに出るひまがなく、たいがい断っていた。

でも今日は、はじめから声がかからなかった。食欲がわかないまま、川瀬は閑散とした執務室を出て、敷地内のコンビニでおにぎりとお茶を買ってきた。デスクに戻り、食べながら共同研究の資料を読み進める。

知らず知らずのうちに、集中していたらしい。

気がついたときには、さっきまでがらんとしていた部屋がざわついていた。壁にかかった時計は一時前を指している。三人はまだ戻ってきていない。

川瀬は上体をひねり、会議室のほうを見やった。ドアは閉まっている。新垣を待ってから入ればいいかと考えかけたところで、仲睦まじく帰ってくる三人の姿が目に浮かんだ。反射的に、席を立つ。

会議室の電気は消えていた。窓もないので、ほぼ真っ暗だ。スイッチはどこだろう、と目をしばたたきつつ左右を見回してみて、奥のほうにぽっちりと小さな光がともっているのに気がついた。

なんだろう。目をこらして一歩踏み出したとき、突然声がした。

「おめでとうございます！」

川瀬は飛びあがった。

ぱっと電気がついて、拍手の音が響いた。蛍光灯に照らし出された小部屋の奥で、古谷と中山が手をたたいていた。新垣はふたりの手前、川瀬のなゝめ前の壁際に立っている。傍らの長机に、いちごと生クリームで飾られた、まるいケーキがのっていた。ろうそくが三本立っている。

「三課の三です」

呆然とケーキを眺めている川瀬に、新垣が言った。

「川瀬さんの年齢がわからなかったので」

古谷が後をひきとる。

「一日遅れですいません。とりあえず、ろうそく、消して下さい」

中山がまじめな顔ですすめた。川瀬は数歩進み出て、揺らめく炎に息を吹きかけた。三人が再び拍手した。

「びっくりした」

川瀬はつぶやいた。昨日が自分の誕生日だったということすら、忘れていた。

「やったあ。大成功」

新垣が声をはずませた。

「川瀬さん、甘いもの大丈夫ですよね？」

「はい」

「やっぱり」

後ろのふたりを、ちらりと振り返る。

「古谷さんたちが、川瀬さんはケーキなんか食べないんじゃないかって」

「いえ、好きです」

「ああ、よかった。じゃあさっそくいただきましょう。川瀬さんは中山さんと違って、ダイエットも必要ないですしね」

紙皿とプラスチックのフォークを長机の上にいそいそと並べはじめた新垣の頭越しに、川瀬は中山をまっすぐに見た。小さく息を吸い、口を開く。

「きらってませんから」

中山がのっそりとつっ立ったまま、まばたきをした。古谷がすっと目を細め、ひじで中山の腕を軽くつついた。

「よかったな」

「ですよね。わたし、川瀬さんって見かけによらず甘党じゃないかと思ってたんです」

新垣が満足そうにうなずいて、しずしずとケーキにナイフを入れる。

波に挑む

テーブルのそばにひかえていた若い女性店員は、乾杯がすむなり、迷いなく村井玲子に近づいてきた。

「お話し中に失礼いたします。お食事のほうは、いかがいたしましょうか」

八人がけの円卓の、ちょうど真向かいに座っている西海造船の担当者を、玲子は見やった。この会は彼がとりまとめている。数時間前、会議室で受けとった名刺の肩書きは、事業推進部長となっていた。玲子の視線にはまったく気づいていないようで、隣の男となにやら熱心に話しこんでいる。こちらは東方造船の、確か経営企画本部長だ。

テーブルを囲んだ他の五人も、生ビールのジョッキを片手に、席の近い者どうしで談笑している。さっきまでは玲子もまじえて三人で話していた、南洋造船の社長室長たちも、ふたりで機嫌よく会話を続けている。

「あの、コースとかは……」

玲子はしかたなく口を開いた。

こうした会食では、人数分のコース料理を事前に頼んでおくことが多いけれど、今回どう手配してあるかは知らない。この店を予約したのは玲子ではない。西海造船の事業推進部長、いや、おそらく彼の秘書か部下だ。

「申し訳ございません、大人数様のコース料理はご予約の際に承ることになっております。お手数ですが、メニュウの中から単品料理をお選びいただけませんでしょうか」

玲子はため息をのみこんだ。確かに「お手数」だ。料理の分量と組みあわせを考え、出された皿の減りぐあいに目を配り、頃合を見はからって追加注文もかけなければならない。少人数ならまだしも、八人分も。

秘書ならば会話には加わらず、そのことだけに集中すればいいだろうが、玲子は違う。仕事の話をするために、ここへ来ている。八人の中ではたぶん一番若く、さらにただひとりの女だというだけで、立場としては対等である。

「大変申し訳ございません」

店員はおそるおそる玲子の顔をうかがっている。玲子はあわてて表情を和らげた。彼女が悪いわけではない。

「わかりました」

答えてから、テーブル全体に向かって声を張る。

「すみません、お食事はアラカルトでお願いしなきゃいけないみたいなんですけど」

男七人が口をつぐみ、きょとんとした顔で玲子のほうを見た。みんな会話に夢中で、メニュウを開いてもいない。

「お料理、どうしましょうか？」

玲子は重ねて問いかけた。

「あ、いいですよ、適当で」

事業推進部長がほがらかに言った。後の者たちもうなずいた。

玲子は無理やり笑顔をこしらえた。頭をなるべく空っぽにする。ここで怒っても、彼らには伝わらない。伝わらないのに、むだな時間や労力を割くのは得策ではない。

店員だけは玲子の内心を察しているのか、不安げに目をふせている。深呼吸をひとつして、玲子はメニュウを開いた。


まだ電車もある時間だったが、ついタクシーを拾ってしまった。

マンションの前で車を降り、玲子は最上階のわが家を見上げた。リビングの窓から、やわらかい黄色の光がこぼれている。

玄関を開けたら、シャンプーのにおいが鼻先をかすめた。廊下を直進してリビングに入る。

「ただいま」

「おかえり。どうだった？」

ソファに座ってテレビを見ていた善治が、画面から目を離して玲子に顔を向けた。風呂あがりらしくパジャマ姿で、頰がほんのり上気している。ローテーブルに缶ビールとおかきの袋がのっている。

「もう最悪。わたしもちょっと飲もうかな」

重たい革のかばんを、玲子は床に放るように置いた。

「え、飲まなかったの？」

「あんなの飲んだうちに入らない。おじさんたちのおもてなしで、くたくた」

自分だっておばさんじゃないか、と茶化されるかとも思ったけれど、善治は肩をすくめただけだった。いらだっている妻に下手なことを言うべきではないと、ちゃんと心得ているのだ。だてに十五年も夫婦をやっていない。

「ビールでいい？　あ、風呂もわいてるよ」

「じゃあお風呂入ってから飲む」

ジャケットを脱ぎながら脱衣所へ向かう玲子の背後から、声が追ってくる。

「めしは？　お茶漬けでも作ろうか？」

「いい、おなかはへってない」

こうした会食が入っていない日でも、おおむね善治のほうが玲子よりも帰りが早い。食事を作り、風呂をわかして待っていてくれると言うと、なにそれ、うそでしょ、と女友達はそろって天をあおいで悲鳴を上げる。

無理をしなくていいと玲子も言っているのだが、善治は料理が好きらしい。仕事の後の気分転換にもなるという。それにうまい。新しい献立に挑戦したり、変わった食材を買ってみたり、研究にも余念がない。

とはいえ、家事全般を任せきりにしているわけでもない。ふたりの結婚生活は、その当初から、対等かつ公平を旨としてきた。善治が夕食を用意してくれたら、食後の片づけは玲子がやるし、休日には自分でも料理をする。洗濯は玲子、ゴミ出しは善治、掃除は交互に担当している。食器洗浄機や、ロボット型掃除機や、ドラム式洗濯乾燥機の力も、最大限に活用する。技術がもう一息進歩して、皿を戸棚にしまってくれる食洗機や、床の上に放置してあるものを片づけてくれる掃除機や、服をたたんでくれる洗濯機が開発されたらいいのに、とたまに思いもするものの、なんとか生活は回っている。

ちなみに、善治が料理を作ってくれると会社の同僚に話した場合は、友人たちとはまた違うふうに驚かれる。え、あの村井さんが？　ひとは見かけによりませんね。

確かに善治の見かけは、料理上手という印象からは遠い。眉が太く目つきが鋭く、悪役顔、と本人も自嘲(じちょう)ぎみに言っている。数年前から丸坊主にするようになって、迫力がいや増した。体格もがっちりしている。学生時代はラグビーをやっていたという。料理よりもそっちのほうが、断然しっくりくる。

仕事の上では、このいかつい外見が有利に働いているようだ。善治は資材調達部で外部業者との交渉を担当している。課長に同席してもらうと先方がしゃきっとするんですよ、と前に部下が誇らしげに言っていた。坊主頭の大男は、その場にいるだけで威圧感を与えるらしい。

うらやましい。善治なら、今夜の会食でも、店員からまっさきに声をかけられるようなことはないだろう。

玲子は紅一点の星のもとに生まれてきたんだな、と善治はよくからかってくる。

玲子には兄が三人いる。どうしても娘がほしかったという両親は、もしも四人目も男の子だったら、養女をもらおうかとまで思い詰めていたそうだ。彼らが待望の末娘を溺愛(できあい)したのは、言うまでもない。おもちゃも洋服も三輪車も新品を買い与え、なにかと兄のおさがりですまされがちだった次男や三男をうらやましがらせた。

当の玲子は、兄たちのほうがうらやましかった。女の子だから、と折にふれて特別扱いされるのは、喜ぶべき特権どころか不条理な疎外にほかならなかった。のけ者にされたくないという意識に、生来の嗜好も加わって、ワンピースよりジーンズを好み、人形ではなくミニカーをほしがり、おままごとのかわりに昆虫採集に熱中した。母親はひどく残念がったらしい。一方で父親は、好きにさせたらいい、と鷹揚にかまえていた。成長するにつれて、自然に女の子らしくなっていくだろうから、と。

小学二年生の冬、玲子ははじめての挫折を経験した。きっかけは、三番目の兄が、上のふたりも通っている私立中学に合格したことだった。そこは父の母校でもあった。

「四年生になったらわたしも塾に通いたい」

玲子は自ら両親に申し出た。兄たちもそうやって受験勉強をしていたのだ。両親は快く了承してくれた。

「それで、お兄ちゃんたちの中学に入る」

玲子が宣言すると、しかし彼らはふきだした。

「玲子には無理だよ」

ぞんざいに首を振った父に、玲子はむっとして言い返した。

「無理じゃないよ。がんばって勉強するもん」

その学校が難関だというのは知っていた。でも、玲子の成績は決して兄たちにひけをとっていなかった。それに、玲子は勉強がきらいではなかった。がんばった分だけ知識が増え、理解が深まる、その手ごたえが好きだった。

「無理よ。男子校だもの」

母がにっこりして言った。

結局玲子は、兄たちの学校と同じくらい歴史のある、中高一貫の女子校に通うことになった。こちらは母の母校である。それから六年間、玲子の「紅一点」の時代はいったんとぎれた。


手早く入浴してリビングに戻り、ソファの上にあぐらをかくと、善治が新しいビールを二缶持ってきてくれた。ローテーブルに、玲子の好きなミックスナッツも出ている。

「おつかれさま」

缶を打ち合わせ、乾杯した。のどを流れ落ちていくビールの冷たさを味わってから、玲子はさっそく口を開いた。

「なめられてるんだよね、結局は」

玲子は小柄で童顔だ。ややたれ目で、笑うと頬にえくぼができる。今のようにすっぴんのときは、十歳ほど若く見える、と善治も親も友達も言う。

五十歳の女にとってはありがたい言葉だと思いながらも、手放しでは喜べない。会社では、若い、というのは必ずしもほめ言葉ではない。経験が浅い、ひいては能力が低い、という印象にもつながりかねない。

対策はしている。会社には入念に化粧をしていくし、洋服はいくらか値が張っても質のいいものを買う。少しでも背を高く見せるため、靴は七センチ以上ヒールがあるものしか履かない。それでも、特に一定以上の年齢の男たちは、年下の女を露骨に軽んじる。年下といっても、二十代や三十代の若い娘ではないのに。

「今日が顔あわせだったんでしょ？　最初のうちはしかたないって。ここから巻き返して、おじさんたちをびっくりさせてやりなよ」

商談を首尾よく進めるには意外性がものを言う、というのが善治の持論である。

自分の場合は、まず相手を緊張させ、後から態度を和らげて親近感を抱かせる。玲子はその反対に、はじめはゆだんさせておいて、相手の予想を上回る仕事ぶりを見せつけてやればいいという。最初の期待が低い分、かえって感心されやすい、らしい。

善治に出会うまで、玲子はそんなふうに考えたことがなかった。

「打ちあげがてら、飲みにいきませんか」

はじめて善治から声をかけられたのは、一緒に手がけていた案件が一段落ついた日のことだった。

善治は、これも見かけによらず、聞き上手だと評判だった。まだ部下もついていなかった当時から、同期や後輩から慕われていた。暗い表情の人間を見れば、さりげなく飲みに誘って相談に乗ってくれるといううわさは、部署の違う玲子の耳にも入っていた。転職してきたばかりで気を張っていたとはいえ、そんなにせっぱつまった顔をしていたのだろうか、と玲子はひそかに反省し、みっともない泣きごとは言うまいと気をひきしめてのぞんだ。

仕事中はどんな問題が起きても眉ひとつ動かさなかった善治は、居酒屋のテーブルではまるで別人のように表情豊かだった。心底幸せそうに生ビールをあおり、営業部の文句を言って顔をしかめ、冗談を連発して笑った。

気がつけば、玲子は北斗造船に転職するまでの苦労を切々と訴えていた。意外性の勝利である。

高校を卒業し、国立大学の工学部に入った玲子の周囲は、再び男ばかりになった。大学院の二年間も、大手の造船会社に研究職として勤めはじめてからも、それは続いた。

就職のときは、意外にも母親より父親のほうが、難色を示した。

「造船は男社会だからなあ」

商船会社で長年働いてきて、造船業界にも知人が多く、どんな雰囲気なのかをよく知っていたようだ。母はともかく、父だけは応援してくれるのではないかと望みをかけていた玲子は、がっかりした。

父は船をこよなく愛していた。仕事でかかわるばかりでなく、小さなヨットまで所有していたほどだ。娘が自分と同じものに興味を持てば喜ぶのではないか、と玲子は勝手に期待していた。勝手に期待しておきながら、なんだか裏切られた気分になった。

「かまわないよ、男社会でも」

憮然として答えた。父が悲しそうに頭を振った。

「苦労するぞ」

父は正しかったと玲子が痛感させられるまでに、さほど時間はかからなかった。

時代のせいもあった。男と互角に働こうとする女は、今ほど多くなかった。法律が整備され、男女の平等が謳われたといっても、実態はまだまだ追いついていなかった。上司も先輩社員たちも、大学院卒の女性総合職をどう扱っていいものやら、つかみかねているようだった。残業が続くと、女の子なのに、と母親に嘆かれた。それでも懸命に働いて成果を出せば、女のくせに、と同期に煙たがられた。バブルの好景気に浮かれる世間とはうらはらに、造船業界は不況だったから、社内の雰囲気も明るいとはいえなかった。

不満を打ち明けられる相手もほとんどいなかった。男とも、専業主婦とも、この悔しさは分かちあえない。数少ない、玲子と同じように全力で働いている女友達とは、互いに忙しすぎてなかなか予定が合わなかった。

三十歳になった年、玲子はとうとう辞表を出した。人生二度目の、挫折だった。

「大変でしたね」

話を聞き終えた善治は、労(いたわ)るように言った。

「その点、うちの会社はやりやすいと思うな。頭の固い人間もいないわけじゃないけど、最終的には能力で評価されるので。最近、会社として女性の登用にも力を入れてるみたいだし」

「ああ、それは面接のときにも聞きました」

将来的には管理職にも興味があるかと質問され、ぜひ挑戦してみたいと玲子が答えると、面接官は身を乗り出した。そうですか。研究職で、しかも女性で、そういう志向をお持ちの人材はありがたいですよ。

何社か応募したうち、そんなことを言われたのは北斗造船だけだった。内定を承諾する決め手のひとつにもなった。あのときはまだ若手といってもいい年齢だった面接官は、今では人事部長になっている。月日が経つのは本当に早い。

「あと、こういう言いかたはなんだけど」

善治はまぶしげに目を細め、玲子の顔を見た。

「その外見でそれだけ能力があるっていうのは、強みだと思いますよ」

件の自説を披露されて、玲子は素直にうれしかった。

この見てくれが損ではないという指摘が新鮮だったのもさることながら、それ以上に、先輩社員から優秀だとほめられて自信がついた。性別は関係なく、ひとりの人間として、まっすぐに認めてもらえるのははじめてだったから。

「いや、これはおせじでもなんでもなくて。一緒に働いてみて、いい意味で驚いたので」

「ありがとうございます。光栄です」

玲子は笑い、つけ足した。

「わたし、そんなに頼りなさそうに見えますか？」

「いや、そうじゃなくて」

なめらかに話していた善治は、急に口ごもった。

「こんなにきれいなのに、仕事もできるなんてすごいなと……あ、これは女性差別とかそういうんじゃなくて……」

あっけにとられている玲子に、しどろもどろに言った。顔が真っ赤になっていた。

あれから二十年近くが経つ。

善治の言っていたことは、正しかった。玲子の働きは正当に評価され、順調に出世した。平社員として加わった技術開発部で、課長、部長とつとめあげた。そしてこの春の人事異動で、事業戦略室の室長に抜擢された。

事業戦略室はその名のとおり、全社の事業戦略を立案し実行する部署である。人事部から内々に異動を打診されたときには、経営陣を補佐する参謀役、と説明された。直属の上司は社長だ。

現社長も玲子と同じく、四月一日付で着任した。それまでは北海道の造船所長をしていた。

五年ぶりに本社へ戻ってくるという話を聞いて、玲子は驚いた。本社時代、彼は執行役員だった。一見、表情に乏しくとっつきにくい感じがするけれど、的確な発言とすばやい意思決定には定評があり、次期社長候補とも目されていた。北海道への異動は、だから社内でかなりうわさになった。

北海道は、北斗造船の発祥の地だ。創業当初は、家族経営に毛の生えた程度の、こぢんまりとした工場だったらしい。神奈川に本社を兼ねた造船所を新設した折に、閉鎖するという案も出たそうだが、会社の生まれ故郷を捨てるのはしのびないと古参の重役たちが反対したとかで、現在も小規模ながら稼働している。本社役員の異動先としては降格としか見えず、派閥争いに負けて左遷されたとか、逆に自ら望んで飛び出していったとか、憶測が飛びかった。いまだに真偽のほどはわからない。

今回いきなり社長として呼び戻された経緯もまた、謎に包まれている。直属の上長でしょ、話のついでにそれとなく聞いてみてよ、と善治は気軽に言うけれど、そんなことを不用意に切り出せる雰囲気ではない。なにもかも見通しているかのようなまなざしでひたと見据えられると、たいていのことにはひるまない玲子でも、自然に背筋が伸びる。反面、気に入らない事態が起きるたびに責任者を呼び出してどなりつけていた前社長に比べ、感情的にならない分、やりやすいという意見も多い。玲子も同感だ。

玲子自身の下には、部下が七名ついている。人数こそ技術開発部時代よりもかなり減ったものの、少数精鋭の組織にふさわしい、優秀な者がそろっている。ことに、この部署で働いて五年になるという副室長は頼りになる。

実は、着任した当初、玲子は彼のことを幾分警戒していた。次は自分が室長になるつもりだったのではないか、ねらっていた肩書きを、よそからやってきた、しかも女性にさらわれて、心中穏やかでないのではないか。

いざ一緒に働いてみて、予想はいい意味で裏切られた。彼は有能ながら、ひとり黙々と手を動かすのを好み、会議で発言したり、他部門と交渉したり、組織をとりまとめたり、といったあたりは不得手なようだ。理系の研究職にときどき見かけるタイプである。雑談ついでに、ゆくゆくは室長になりたいかと遠回しに探りを入れてみたところ、わたしはそういう柄じゃありませんから、とおおまじめに否定された。口下手で、心にもないことを口にできる性分でもなさそうだから、きっと本音なのだろう。

事業戦略室の主な業務は、短期および中長期の経営計画の策定と、その進捗管理だ。予定どおりに進んでいないところがあれば、関係部署を巻きこんで必要な手を打っていく。さらに、経営陣のもとへ舞いこんでくるさまざまな案件にも、その都度取り組んでいかなければならない。

今日の合同会議への参加も、そのうちのひとつだった。

会議そのものは数年前からはじまっていて、玲子の前任者も出席してきたので、それを引き継いだかたちになる。北斗造船と同じような規模の、中堅の造船会社が集まり、共通の課題について解決策を模索するために開かれている。

有意義な試みだと玲子も思った。新興国企業の台頭や環境保護規制の強化など、この業界を取り巻く現状は決して甘くない。資本や人材に余裕のある大手ならいざ知らず、中小の会社にとっては手に余る難題も多い。

技術開発部にいた頃から、危機意識はあった。かつて造船の最新技術は、多くの研究員を抱え優れた設備を持つ、大手によって開発されていた。その技術と人材が、しばらく時間が経ってから、中堅企業へと流れてくるしくみになっていたのだ。ところが今や、大手も自らの生き残りに必死で、おいそれと技術を譲ってくれない。となると、こちらも独自に研究を進めるしかないが、一社の力ではどうしても限界がある。

また、各社で得意な船種はそれぞれ違うので、知見や情報の共有もできれば助かる。たとえば、この夏から建造がはじまる予定の大規模なクルーズ客船は、北斗造船には前例がなく、開発段階でそうとう苦戦した。他社の設計図をそのまま転用するわけにはいかないにしても、経験者に協力を求めたり、助言をもらったりはできるのではないか。

新参者ながら、技術開発部での経験をふまえて問題提起をしてみよう。意気ごんで会議に出た玲子は、あえなく肩透かしを食らった。

「あんなの、戦略会議じゃなくて親睦会だよ。世間話ばっかりで、真剣な議論はほとんどなし」

あっというまに空いてしまったビールの缶を片手で潰し、ソファの背にもたれかかる。同業者どうし懇親を深めるのもいいけれど、実のある話ができなくてもどかしかった。

「新年度に入って最初の回だからじゃない？」

「だといいんだけどね。これから毎月出なきゃいけないなんて、気が重いな」

「弱気だな。珍しい」

善治が立ちあがり、リビングの戸棚からウィスキーの瓶を出した。飲むかと目で問われ、玲子はうなずく。

「どうも勝手が違うのよ。社外だからかな」

社内なら、これまでに積みあげてきた実績も人脈もあり、周囲もそれなりに一目置いてくれている。でも、よその会社の人間が相手では、またもやふりだしに戻った感がある。

「その会議、どこが参加してるんだっけ？」

「旗振ったのは西海みたい。あとは東方とか、南洋とか、いわゆる中堅どころ」

「西海さんは特に堅いもんな」

「堅いは堅いでいいんだけど、担当者がどうもやる気なさそうなんだよね。あれは上の命令でやらされてるだけなんじゃないかな」

「よくも悪くも、トップが強い会社だよな。おれも何人か知りあいがいるけど、そういう感じがするときあるよ」

職場結婚は気詰まりなこともあるだろうと覚悟はしていたし、実際にそう感じるときもなくはないものの、くどくど説明しなくても話が通じるのはありがたい。そうでない相手と腹を探りあうように会話してきた直後は、なおさらだ。

キッチンでごそごそやっていた善治が戻ってきた。玲子にはいっぺんに運べそうにない、氷を入れたアイスペールと炭酸水の瓶にグラスがふたつ、大きな手に難なくおさまっている。

ソーダ割りをすすっているうちに、少しずつくつろいできた。と同時に、自分の話ばかりまくしたてていたことに気づく。

「善治は、今日はどうだった？　例の採用面接は？」

善治が課長をつとめる資材調達部は、慢性的な人手不足らしい。前回の定期異動でも人員を増やしたいと希望していたのに、適当な人材が見つからないという理由で見送りになり、人事部に直訴して中途採用枠で引き続き探してもらっているそうだ。

「いまいちだったよ」

善治が浮かない顔で首を振った。

「優秀だって人事が言うから期待してたのに。あいつら、履歴書と筆記試験の結果しか見てないからな」

のに」

「調達部門で働いてはいるらしいんだけど、仕事の内容聞いてみたら、完全に事務方なんだよ。現場に出てがんがん交渉できる即戦力が足りないんだって、何度も何度も言ってるのに」

人事はなに考えてるんだよ、とぼやきつつ、グラスの中身を干す。

「人事は人事でがんばってるみたいだけど、競争が激しいからね。大手とか、それこそ西海や東方なんかとも取りあいになるし」

「玲子、いつもそうやって肩持つよな。あのたぬき部長とも仲いいもんな」

善治は恨めしげに言う。

「別に仲よくはないけど」

悪くもない。少なくとも、善治のようにあからさまな批判や反発はしない。

もちろん、首をひねりたくなるような人事はある。欠員がいつまで経っても補充されないとか、目をかけて育てた部下がやっと一人前になったのを見はからうかのように、まったく関係のない他部署へ異動させられるとか、社内公募に応募しても一向に通らないとか、人事にまつわる憤慨や嘆きや呪詛（じゅそ）は、善治に限らず四方八方から聞こえてくる。

頭にくるのは、玲子にもわかる。ただ、会社には全体最適というものがある。全部門を見渡した上での判断が、個別の部署にとっても最善の結果となるとは限らない。部長職に就き、技術開発部の全体を管理するようになった頃から、玲子はそんな感覚を持つようになった。

人事部に対しては、必要以上に近づきもおもねりもしたくない。でも、敵にも回したくない。さもなければ事業戦略室長にはなれなかっただろう。技術開発部長にも。

かといって、自分のやりかたを善治に押しつけるつもりもない。妻のほうが夫より出世していることを、とやかく揶揄する同僚がいるのは知っているが、玲子自身も、たぶん善治も、気にしていない。善治は昇進に興味がないだけで、仕事はできる。ふたりにとって重要なのは、そこだ。

おれはあんまりえらくなりたくないな、と善治は昔から言っている。拘束時間が増えるし、あちこち気を遣ったり、政治に巻きこまれたりもしそうだし。そういうめんどくさいの、苦手なんだよ。それが強がりや負け惜しみではないのも、玲子はよく承知している。世の中には、妻の職位や収入が自分のそれを上回るのをいやがる夫も多いようだから、善治がそういう器の小さな男でなくてよかったと心から思う。まあ、そんな男なら、はなから結婚していないだろうが。

「なんせ、北斗造船を支える秘密兵器、だもんな」

善治がにやりとした。

「もう。それ、いいかげんにやめてよ」

玲子は数年前、女性でははじめての技術開発部長に着任した直後に、人事部が作っている採用活動のパンフレットに大きく登場させられたのだ。先輩社員の仕事紹介として、インタビュー形式で業務内容ややりがいなどを語るという記事だった。「秘密兵器」は、白衣姿で微笑む玲子の写真の横に記された見出しの文言だ。おかげで、善治だけでなく部下や他の同僚にまでからかわれるはめになった。

理系の女子学生が増えても、造船業界はまだまだ敬遠されがちらしい。若い女性が船という製品に興味をそそられないのは想像がつくし、今日のむさ苦しい会議を思い返しても、さもありなんという気はする。人事部はそんな現状を打開すべく、ばりばりと働く女性管理職の例を前面に打ち出して、性別を問わず活躍できる会社だと印象づけたかったようだ。

「玲子なら大丈夫だよ。北斗の秘密兵器で、西海や東方の雑魚(ざこ)どもを蹴散(けち)らしてやれ」

玲子は肩をすぼめ、ソーダ割りを飲み干した。

空になったグラスをローテーブルに置き、床に放ってあったかばんを手もとに引き寄せて、手帳を出す。赤い革のシステム手帳は、転職の記念に、一生ものと思い定めて買った。手入れしながら大事に使ってきたおかげで、なめらかな表紙は上品なつやを帯び、指に吸いつくように心地よくなじむ。

今日の日付が入ったページを開く。見開き二ページの、左は時刻の数字が入ったスケジュール欄、右は罫線（けいせん）のみのメモ欄になっている。

ここにその日やるべきことを箇条書きにするのが、玲子の日課だ。朝一番に書き出して、優先順位もつけておく。日中も見返し、ひとつ完了するたびに線を引いて消していく。すべて消化できるとは限らない。できない日のほうが断然多い。大事なのは、優先順位を見誤らないことと、やらなければならない仕事をひとつずつ着実にこなしていくことである。

ページを繰って、翌月の合同会議の予定を書き入れた。不安なような、楽しみなような、なんともいえない気分で、そっと手帳を閉じる。今後はきっと、あの会議にからんだ仕事がどんどん増えるだろう。


予想は、はずれた。

五月以降も、毎度みごとにかわりばえのしない、不毛な会議が続いた。司会進行を担当する議長役が持ち回りで交代するだけで、議題は変わらない。各社の近況報告と業界動向の確認および意見交換である。

ひとつめの近況報告に、三時間のうち大半は費やされる。どの会社も細かい業績の変動を漫然と説明するばかりで、はっきり言ってちっともおもしろくない。おまけに、当然ながら詳細な経営数値や機密事項はふせられている。質疑応答の時間も一応あり、玲子は何度か質問してもみたが、すみません、そこは社外秘で、と断られ続けるうちに、たずねる気も萎えてしまった。資料を準備してくる会社も少なく、その場で頭に浮かんだことを行きあたりばったりに話すせいだろう、話題が脱線したり、雑談に流れてしまったりもする。

そうならないように、玲子は話すべき要点を厳選し、手短に発表をすませた。少しでも時間を節約して、次の議題にあてたかった。八社分の発表が一巡すれば、業界の主な動向が話題に上り、建設的な意見をかわせるかと期待したのだ。ところが、そこでも参加者たちの口は重い。ぽつりぽつりと所感のようなものをのべるくらいで、なかなか議論に発展しない。

今年度第四回、七月の会議の終わりに、業を煮やした玲子は手を挙げた。

「あの、来月のことなんですけど」

八月は玲子が議長にあたっている。会議の構成を抜本的に見直すよう、あらかじめ提案してみようと考えたのだった。

「少し時間配分を変えてみるのはいかがでしょう？」

できる限り、丁寧な口調を心がける。

「近況報告はお休みにするか、いつもより短めにして、議論の時間を長めにとってはどうかと」

「議論、ですか？」

西海造船の事業推進部長が、いぶかしげに口を開いた。

「はい。わたしたちが協力してなにができるのか、一度じっくり話しあいませんか？　これまで近況報告に時間をとられて、あまり具体的な話ができていなかったので」

「でも、現状を共有することも大事ですよ」

ねえ、と彼は同意を求めるようにテーブルを見回した。皆、声は発しないまま、浅くうなずいている。

「それに、今までずっとこういう形式でやってきたわけですし」

玲子は愕然とした。この非生産的な会議のありかたに、誰ひとりとして疑問を抱いていないらしい。

経営陣を間近で支え、適切な助言を与えるべき地位についているはずの面々が、こんなに消極的でどうするのか。会社の未来を担っているという気概と責任感を持ち、率先して業界の危機に立ち向かっていくべきではないのか。

「その、今までどおり、というのがよくないいんじゃないでしょうか」

つい、言い返してしまった。

事業推進部長も、他の六人も、ぽかんとして玲子を見た。しまった、と思ったけれども、口からあふれた言葉はもうとめられなかった。

「今までどおりやっていたら、われわれは生き残れない。そういう危機意識からはじまった会議だと認識していたのですが」

会議室がしんと静まった。


合同会議の件で話がしたい、と社長に呼び出されたのは、その翌週だった。

玲子も事の次第は報告するつもりでいた。ただ、折悪しく社長が海外出張中で、顔を合わせる機会がなかったのだ。わざわざメールで知らせることでもない。帰国後、なにかの会議のついでにでも、玲子の意図もあわせて説明しようと考えていたところへ、先を越されてしまったかたちだった。

大きく深呼吸をして、玲子は社長室のドアをノックした。

「どうぞ」

中から声がかかった。こぢんまりとした控えの間に、足を踏み入れる。正面奥にもう一枚、社長の執務室につながるドアがあり、その手前に秘書の三好がデスクをかまえている。

「ああ、村井さん」

玲子の顔を見るなり、彼女は言った。

「すみません、社長は急用で外出してしまいました」

「そうなんですか」

気の抜けた声が出てしまった。

事業戦略室では、社長や役員たちを相手にする仕事がほとんどだ。彼ら上層部が対処すべき緊急事態や突発的な問題が起きれば、突然の予定変更はままあることで、玲子ももう慣れてきた。場合によっては、こちらにも相談が回ってきたり、補佐を頼まれたりもする。着任して日が経つにつれ、声のかかる頻度がじわじわと増えてきているのは、忙しい反面、うれしくもある。

「ごめんなさいね。明日以降に延期でお願いできますか」

口では謝りつつも、三好は別段申し訳なさそうではない。

確かに彼女の責任ではない。でも、急用が入ったなら入ったで、もう少し早く知らせてくれてもいいのに、とも思う。すでに出かけてしまった後だということは、たった今決まった話でもないのだろう。内線を一本かけてくれればすむ。

三好は玲子と同年代で、かつては営業部で働いていたという。若手ながら優秀だったそうで、産休が明けて秘書職に変わることになったときには、ずいぶん惜しまれたらしい。その赤ん坊がもう中学生だというから、秘書としてもかなりのベテランである。

北斗造船では、役員以上には専任の秘書がつく。他に、部署ごとに割りあてられ、そこに属する社員たちのために働く秘書もいる。スケジュール調整や出張の手配、簡単な事務作業など、こまごまとした仕事を引き受けてくれるのだ。

「こう見えてけっこう大変なんですよ、秘書の世界も」

長く技術開発部の担当だった秘書は、冗談めかしてこぼしていた。こちらは玲子よりもひと回り以上若く、気が利いて仕事も早いので、部の皆から頼りにされていた。

「派閥とかあるし、上下関係も厳しいし」

役員秘書のほうが部門秘書よりも「格上」として、幅を利かせているらしい。さらに役員秘書どうしでも、誰を担当しているかで力関係が決まるそうだ。

「えらいのはあんたじゃなくて、あんたのボスでしょって話なんですけどね。どうもこう、こんがらがっちゃうみたいで」

こめかみのあたりで、くるくると指先を回してみせた。

どうしてみんな線を引きたがるのだろう、と玲子はいつも不思議に思う。男と女、未婚と既婚、専業主婦と兼業主婦、子どもがいるかいないか、そして、役員秘書と部門秘書。

見えない線によって、すっきりとわかりやすくなるならまだしも、かえってややこしくなることのほうが圧倒的に多いのに。

「村井さんが役員になったら、あたしを秘書にして下さいね」

そんなことも言っていた彼女は、二、三年前に辞めてしまった。玲子は待遇を多少見直してでもひきとめるつもりだったが、夫の海外赴任に同行しなければならないのだと打ち明けられ、あきらめざるをえなかった。

彼女が「一番めんどくさい」と評していたのが、この三好だった。

もっとも、玲子が四月に着任してはじめて挨拶したときには、そんなに「めんどくさい」印象は受けなかった。しっかりしていて気が回りそうだ、とどちらかといえば好感を抱いた。

それからしばらくして、会社帰りに駅までの道で一緒になった。

「村井さん」

向こうから声をかけてきた。前を歩いていた玲子に追いついて並び、意外そうに言う。

「早いんですね」

「ちょっと仕事が一段落ついたので、たまには」

この「たまには」がよけいだったかもしれない、と後に玲子は反省することになる。手こずっていた案件が片づいた直後で、気がゆるんでいたのだ。

「いつもお忙しいですもんね」

三好はにこやかに言った。

「晩ごはんとか、どうなさってるんですか?」

「まあ、適当に」

「ご主人は大丈夫なんですか?」

「はい。そういうの、あんまり気にしないひとなので」

なんとなく違和感を覚え、玲子は彼女の横顔を盗み見た。いつものとおり、上品な笑みを浮かべている。

「理解があるんですね。うらやましい。うちなんてもう、全然」

相変わらずにこやかに、三好は言い放った。

「いいですね、村井さんは。そういうご主人じゃないと、あんなお仕事は無理ですよねえ」

いいですね、と皮肉っぽく言われることには慣れている。言ってくる相手は、同年輩の女性が多い。そして、その続きにはいくつか種類がある。

玲子が結婚するまでは、独身だから、というのがほとんどだった。自分の好きなように好きなだけ働ける、という意味あいだろう。善治と結婚したとき、これでもう嫌みたらしく言われなくてすむ、とせいせいしたものだ。

むろん結婚した後は、独身だから、とは言われなくなった。子どもがいないから、というのがそれにかわった。

落胆し、同時にふっきれた。たとえ子どもを産んでも、きっと同じことだ。子どもがひとりだけだから、と言われる。もしくは、ご主人が協力的だから。ご両親がそばにいて、面倒を見てもらえるから。いずれにしても、あんたの成功は自分の力じゃなくて周りの環境のおかげじゃないの、とほのめかされる。

彼らのやりくちに、もはや玲子は心を乱されない。乱されないように、努めている。

どういう意味ですか、と三好に問い返したい衝動を、そのときも玲子はがまんした。あなたに理解のあるご主人がいれば、事業戦略室長がつとまるとでも？　善治がわたしをこの役職につけてくれたわけじゃない。自分自身の能力と努力で、ここまで一歩ずつ上ってきた。

そもそも、自ら望んだはずの結婚や出産を、なぜ不本意な重荷を押しつけられているかのように嘆くのか。仕事に打ちこみたいのに夫や子どもが障害になるというなら、独身を通せばよかったのだ。こんなはずではなかったと不平をぶつけるにしても、相手は玲子ではなく、仕事に専念させてくれない彼らだろう。

仕事と家庭の両立、という言葉がある。あれは仕事一〇〇パーセント、家庭一〇〇パーセント、合計二〇〇パーセントをひとりの人間がこなすという意味ではないはずだ。そんなことをしたら死んでしまう。七〇対三〇、五〇対五〇、二〇対八〇、ひとによって、また時期によっても、比率は変わるだろう。どれも両立だし、優劣はないと玲子は思う。

ただし、どうしたって合計は一〇〇だ。なにもかも手に入れることはできない。これも優先順位の問題なのだ。自分にとって大切なものはしっかりと抱きしめておくべきだし、抱えきれずにこぼれ落ちてしまうものは、潔くあきらめるしかない。

現に、玲子はそうしてきた。

なんの悩みも迷いもなく、今の暮らしがあるわけではない。仕事中毒だと母にたしなめられて大げんかになった。大事な出張が婚家の法事と重なって、泣く泣く同僚に任せた。子どもを産むべきか思い詰め、不眠症になった。一時期、赤ん坊を抱いた母親を直視できなくなってしまったときには、情けなくて涙が出た。

どれも、善治以外は誰も知らないことだ。会社でもふだんどおりにふるまっていた。北斗造船の秘密兵器に、弱音なんて似合わない。

当人にしかわからない事情がある。だから玲子は、同僚であれ部下であれ、各自の選択を尊重するように心がけてきた。仕事に三〇パーセントをかけるなら、その分を真摯にやればいい。無理やり五〇パーセントをしぼり出す必要はないし、七〇パーセントの人間を妬んだりひがんだり、あるいは批判したりする必要もない。それよりも、自分で決めた優先順位に、責任と自信を持つべきではないか。

「あの、社長はどちらへ？」

気を取り直し、玲子は口を開く。

「今日はもうこちらには戻られません」

三好は涼しい顔で答えた。

社長室を出たところで、廊下を歩いてきた役員と鉢あわせした。

「社長は急用で外出だそうです」

玲子が教えると、そうか、じゃあ出直すよ、と彼は肩をすくめた。一礼してそのまま行き過ぎようとしたら、呼びとめられた。

「中堅連合の話、もめてるんだって？」

深刻そうに眉を寄せていても、目の輝きは隠せていない。玲子は内心うんざりした。この役員はうわさ好きで有名で、社内外に顔も利く。ひょっとしたら、会議の一件を社長に注進したのも、彼かもしれない。

「あれはね、そんなにがんばりすぎなくていいんだよ。誘われて断るのもなんだから、一応参加してるだけ。弱い者どうし助けあおうって精神は立派だけど、そんなにうまくいきっこないのは、みんなわかってるわけだし」

訳知り顔で言う。

「でも……」

「わかるんだよ、村井さんがなんとかしたいって思う気持ちも」

彼は諭すようにたたみかけた。

「ただ正直な話、うちばっかりがはりきったって、どうしようもない。せっかく仲よくしようって話なのに、けんか売ってちゃまずいよ。会社どうしの関係にも影響しかねない」

「けんかなんて、わたしはそんなつもりでは」

「うん、わかる。わかるよ。しかしね、正論だけじゃ人間は動かない」

「男には、面子(メンツ)ってもんもあるからさ」

薄く笑い、玲子の肩をぽんぽんとたたく。

大股で去っていく彼の背中を見送り、少し遅れて怒りがこみあげてきた。

要するに彼は、あの会議はいわば社交辞令のようなもので、意味なんかないと言いたいのだ。でしゃばっても北斗造船の印象を悪くするだけだから、和を乱さずおとなしくしていろ、と。

玲子の前任者は、うまくやっていたのだろう。社内でも調整役に徹し、経営陣を筆頭に、建造や設計といった各部門の責任者たち、個性的で我も強い面々の間を、ちょこまかと走り回っていた。よくいえば融通が利く、悪くいえば日和見(ひよりみ)主義で主体性に欠ける、と玲子はこっそり分析していた。

けれど彼ははずされた。かわりに玲子が選ばれた。

正論で人間は動かない、そんなことは玲子だって知っている。思い知っている、といってもいい。特に、大勢の人々がともに働く会社という場では、柔軟な対応が求められる。ましてや中間管理職ともなれば、きれいごとを唱えるばかりではなく、状況に応じて如才なく立ち回る能力は欠かせない。

でも、ここ一番というところでは正しい航路にこだわらなければ、いずれ船は沈む。海が荒れているときは、なおさら。

わたしは正しい、と玲子は思う。わたしは間違っていない。後悔もしていない。けんかを売った、と人聞きの悪いことを言われる筋あいもない。当然の提案をしたまでだ。抽象的な話ばかりではらちが明かないだろうから、例として、技術面での連携や共同研究の可能性についてもふれておいた。西海造船の部長や他の参加者たちも、諸手を挙げてとはいわないまでも、最終的には了承していた。

　いや、違ったのか。

　思いいたって、憂鬱になる。あの中の誰かが、もしくは何人かが、腹の中では了承していなかったのか。そうでなければ、こんなふうに話がねじれて伝わってくるはずがない。

　デスクに戻った後も、いまひとつ仕事に身が入らず、玲子は早めに会社を出ることにした。ここのところたまっていた疲れまで、どっと押し寄せてきた感じがする。なにもかもがうまく回らない、こういうときは要注意なのだ。かりかりしてしまって、さらに敵を増やしかねない。明日の朝に社長と会うまでには、平常心を取り戻しておきたい。合同会議に関してどう申し開きするかも、考えがまとまりきっていない。

　夕食を準備しようかと善治に連絡すると、助かる、今日ちょっとたてこんでるから、とすぐに返事がきた。帰り道でスーパーに寄って、元気を出すためにステーキ肉を奮発し、勢いづいて赤ワインもかごに放りこんだ。

　善治は九時前に帰ってきた。着替えている間に、玲子がステーキを焼き、作っておいたサラダとスープも出した。食卓でふたり向かいあい、ワインで乾杯する。

「平日に玲子の料理が食べられるなんて、ひさしぶりだな」

「ごめんね、いつも任せっぱなしで」

知らず知らずきつい声が出てしまい、玲子はあせって言い添えた。

「おいしいといいんだけど」

疲れているときは要注意、とあらためて肝に銘じる。善治は気を悪くする様子もなく、ステーキをひときれ口に放りこんだ。

「うまいよ。焼きかげんもちょうどいい」

「そう？　よかった」

「今日、昼めしも食いそびれちゃってさ」

「え、そんなに忙しかったの？」

「届いた部材が設計図と全然違うって、工場からどなりこまれて。おれたちじゃなくて業者の勘違いだったんだけど、返品と交換の手配でてんてこまい。玲子は？」

「わたし？」

「いや、帰りが早かったから。なにかあったのかと思って」

あった。

「例の、八社合同会議なんだけど」

「ああ、あれか。今はどんな感じなの？」

もぐもぐと肉を咀嚼しながら、善治が首をかしげた。そういえば、最近はあまり話していなかった。初日からさんざん愚痴をこぼしてしまったので、玲子なりに自重していたのだ。

ワインをすすりつつ、順を追って話した。会議の改善を持ちかけて他社から白い目で見られたこと、社長にも呼び出されたこと、それが無駄足に終わってまだなにも話せていないこと、役員にまで嫌みを言われたこと。社長の急用に関して三好がなにも教えてくれなかったことも、ついでにつけ加える。

「ほんと、厄日だった」

「うへえ、おつかれさま」

空いたグラスに善治がワインを注ぎ足してくれた。

「その会議さ、なんとかならないの？」

「なんとかって？」

「役員も意味ないって言ってるんだろ。ほんとにそうなら、玲子が時間使わなくてもいい気がするけど。部下に任せるとか、極端にいえば、参加自体とりやめるとかさ」

「でも、本来の趣旨はすごくまっとうなのよ。やりかたさえ見直せば、ちゃんと意味はあると思う。一度引き受けたのに、やっぱり無理でしたっていうのもいやだし」

「玲子は完璧主義すぎるんだよ。仕事はどんどん降ってくるんだから、どっかで線引かないと体こわすよ」

善治はたまに、こういう物言いをする。完璧主義のほか、玲子はがんばりすぎだの、いいように使われてるだの、気の毒そうに言うこともある。妻の体を心配してくれているのはわかるけれど、的はずれだと玲子は思う。

わたしはわたしの仕事に誇りを持っている。仕事がひっきりなしに舞いこんでくるのは、認められ信頼されている証でもある。

「なんでもかんでも引き受けてたら、そのうちパンクしちゃうって」

「なんでもかんでもってわけじゃないよ」

「玲子、頼りにされるとはりきるからなあ」

酒が回ってきたのか、善治の顔は少し赤らんでいる。

「最近、そうとう疲れてるだろ。無理しすぎないで、もうちょっと肩の力を抜いてみれば？」

「だって今ががんばりどころなんだもの！」

もちろん、無理はしている。わざわざ指摘されるまでもない。

せっかく事業戦略室長になったのだ。着任してまだ日も浅いのに、無能だと思われるわけにはいかない。絶対に。

「社長や役員からじきじきに指示されてるのよ？　手は抜けないよ」

会社の将来を左右する経営上の意思決定に、日々かかわっているのだ。玲子が最終的に決断するわけではないものの、選択肢を検討し、それぞれの長短を整理し、必要な情報をとりまとめているのだから、重大な経営判断の一端を担っているといっていいだろう。全力を尽くすのはあたりまえだ。

「手を抜けとは言ってないよ、おれは」

善治がワインを飲み干して、空いた皿の上にナイフとフォークをそろえた。

「自分で言うのもなんだけど、すごく重要な仕事なんだよ。善治だって、もしわたしの立場だったら……」

もう話題を変えたほうがいいと頭ではわかっているのに、玲子は言葉を継いでしまう。

「わかったよ」

ひらたい声で、さえぎられた。

「いや、おれにはわかってないか。そんな重要な仕事、やったことないからな」

ごちそうさま、と善治は手を合わせ、汚れた食器を重ねて立ちあがった。キッチンに入っていく背中に向かって、玲子は力なくつぶやいた。

「そういう意味じゃなくて」

善治の仕事を軽んじたことはない。ないつもりだ。善治がやっていることと自分のそれとを比べて、どうこう言いたかったのではない。

ただやはり、重責を担っているという自負も、玲子にはある。完璧主義にならざるをえない、力は抜けない、そういう役職なのだ。実感として、この高さにまで上ってこなければ見えない景色もある。

善治の足音が廊下を遠ざかっていく。ワインばかり飲んでいて、ほとんど手をつけていなかったステーキに、玲子は乱暴にナイフを入れた。


翌朝はふだんより一時間早く出社した。社長の予定がいっぱいで、早朝しか時間がとれないと三好に言われていたのだ。

化粧をしようとしたら、目の下にくまが浮いていて、ファンデーションを厚めに塗ってごまかした。口紅もいつもより明るい色にした。出かける時間になっても善治は起きてこず、半ば気にかかり、半ばほっとしながら、そっと家を出た。

社長室へ向かう前に、自分のデスクに寄った。無人のフロアはひっそりと静まり返り、朝日がブラインド越しにさしこんでいる。手帳と万年筆だけを持って、席を離れた。

社長はデスクで書類をめくっていた。

「おはようございます」

机を挟んで向かいの椅子を、手のひらですすめる。

「いえ。急用だったそうで」

理由は教えてもらえませんでしたけどね、と玲子が心の中で続けたのが聞こえたかのように、社長は言った。

「ちょっと病院にね」

「えっ、おかげんでも悪いんですか？」

玲子が驚いて身を乗り出すと、社長は首を振った。

「いや、軽い食あたりだったようで、もう完全に治りました。出張中に食べた生ものがどうもよくなかったみたいで」

「そうだったんですか」

「すみませんでした、事情も伝えずに。心配をかけるといけないから、なにも言わないように頼んでおいたので」

社長はドアのほうを一瞥し、玲子へと視線を戻して、ずばりと本題に入った。

「で、合同会議の件なんですが」

「はい」

「先週、西海造船の社長と会ったとき、話題に上りました。村井さんから問題提起をしたそうですね」

玲子はこわごわ口を開いた。

「失敗だったでしょうか？」

「村井さんはそう思いますか？」

すぐさま問い返された。なんだか試されているようで、いよいよ緊張する。

「皆さん、あまり乗り気ではないようだったので」

「ええ、そこは致命的ですよね」

あっさりと言われ、玲子は唇をかんだ。

そのとおりだ。今後なにをするにしても、参加者どうしが協力しあうのが大前提なのに、最初の段階でつまずいてしまったことになる。あの役員も言っていたように、正論で人間は動かない。彼らがやる気を出してくれない限り、なにもはじまらない。

「今後はどうしましょうか？」

社長は表情を変えずにたずねる。

「そうですね。ここは一度引いて、様子を見て……」

さしあたり、これまでどおりのやりかたを続けるほかないだろう。反感を買うような無理強いはひかえ、彼らの意識が変わるのを気長に待つしかない。

「引きますか？」

さも不服そうに、社長が眉をひそめた。感情をあらわにするなんて珍しい。玲子はどぎまぎして答えた。

「はい、この状況ではやむをえないかと。先ほど、社長も致命的だと……」

「致命的なところをなんとかしないと、前に進めないでしょう」

社長がじれったそうに口を挟んだ。

「引くんじゃなくて、押さないと」

心もち前のめりになって、語りかけてくる。

「新しいことをやろうとすると、最初に負荷がかかります。船もそうですよね？　静止状態から発進するときに、大きな抵抗がかかる。そこでくじけては前へ進めない」

そうだ、と玲子は思い出す。そうだ、今までもそうだった。

はじめてプロジェクトを任されたときも、管理職になったときも、技術開発部長に昇格したときも、最初からうまくいったわけではなかった。年下の部下に反発され、他部署と意見が折りあわず、それでもめげずにやってきた。

「人事部長から、村井さんは逆転が得意だと聞いています。いろいろ実績があるそうで」

またしても玲子の心を読みとったかのように、社長が言った。

「だからわれわれは、村井さんを事業戦略室長に選んだんですよ」

射るようなまなざしが、わずかにやわらかくなっていた。

「この件は引き続きお任せします。定期的に報告をお願いします。ああそうだ、西海の社長には、うちはあの会議にとても期待していると伝えました。今週は東方の取締役にも会うので、同じように言っておきます」

呆然と聞き入っていた玲子は、われに返って頭を下げた。

「ありがとうございます」

そうだった。相手の言い分が理解できないとき、価値観が合わないとき、話が通じないと背を向けるのは簡単だ。でも、それではなにも進まない。

社外でも、同じだろう。言い分や価値観が、社内の人間以上にかけ離れてしまうおそれはあるけれど、いや、あるからこそ、やるべきことはきっと同じだ。

「お礼はけっこうです。村井さんのためではなく、会社のためです」

社長は淡々と言った。

「会社のために、村井さんもがんばって下さい」

だからわれわれは、村井さんを事業戦略室長に選んだんですよ。

社長室を辞し、依然としてひとけのない廊下に出た後も、社長の声はまだ玲子の耳に残っていた。

すべて自分で選びとったつもりだった。なにもかも自力でつかんできたと、信じこんでいた。でも、選んだだけではたぶんだめなのだ。わたしはこの仕事を選んで、選ばれた。この会社を選んで、選ばれた。選んだ相手に選ばれる、それはすごく幸福なことなのかもしれない。

薄暗い廊下を、エレベーターホールへ向かう。ハイヒールがこつこつと床を打つ。相変わらず、社長の言葉が頭の中でこだましている。

がんばって下さい。

ふっと苦笑がもれた。ああ、そうか、と思う。がんばれ、とわたしは善治に言ってほしかったんだ。がんばれ、玲子ならきっとできる、北斗造船の秘密兵器があきらめるな、と。行き詰まったとき、柄にもなく弱っているとき、いつもそうしてもらっているように。

　つらいから励ましてほしいなんて、いかにも子どもじみている。自覚している以上に、疲れているのかもしれない。今朝、洗面所の鏡に映っていたくたびれ果てた顔が、玲子の脳裏をよぎった。働きづめで憔悴（しょうすい）している妻に、がんばれと軽々しく口にできなかった善治の気持ちも、わからなくもない。

　エレベーターのボタンを、勢いよく押した。子どもじみていると承知しながらも、でも、とさらに考える。でも善治だって、なにもあんなふうに突っかかってくることはないのに。ふだんなら、笑うなり茶化すなり、適当に流してくれるところなのに。

　ああ、そうか、とそこで再びはっとした。昨日は善治も疲れていたはずだ。ふたりとも疲れているときは、要注意を通り越して、厳重注意なのだった。

　エレベーターホールに誰もいないのをいいことに、美容体操の要領で、玲子は口角をうんと上げてみた。あんなしょぼくれた顔をしていてはいけない。わたしはがんばってきた。がんばったおかげで、今ここにいる。自ら望んだ道を、進んでいる。そしてわたしの横には、いつだって、見守り応援してくれる善治がいた。

　わたしは善治を選んだ。同時に、善治に選ばれた。

　玲子は手帳を開いた。新しいページの一番上に、謝る、と書き入れる。ちん、と澄んだ音がして、エレベーターのドアが開いた。

港に泊まる

下りの新幹線はがらがらに空いている。

片手に切符を握りしめ、もう片方の手で小型のキャリーバッグをひっぱって、太田武夫（おおたたけお）は通路を進む。ぽつりぽつりと座っているのはなぜかひとり客ばかりで、隣どうしが埋まっている席はひとつも見あたらない。当然ながら、話し声や笑い声も一切しない。しんと静かな車内に、キャリーバッグの立てるがたがたと耳ざわりな音が、わびしげに響く。

席にたどり着き、奥の窓際に腰かけた。足もとにキャリーバッグを引き寄せ、コートを脱いで隣のシートに置く。

東京から北海道までの交通手段は、やはり空路が主流なのだろうか。

「新幹線、ですか？」

切符の手配を頼んだら、人事部の担当者はけげんな顔をした。

「飛行機を使ったほうが早いですよ」

「だけど値段は変わらないでしょ？」

太田は食いさがったが、これでは理由になっていない。値段が同じならなおさら、普通は移動時間の短いほうを選ぶだろう。

「飛行機は、雪で遅れたり飛ばなかったりすることも多いっていうし」

なにより、あんな鉄のかたまりが宙に浮くなんて不自然だ。とは、声に出せなかった。自分の娘とそう年齢の変わらなそうな女子社員を相手に、飛行機がこわいとは言えない。

「わかりました」

押し問答をするのも面倒だったのか、彼女はそっけなく応えた。

「時間はどうします？」

どうも感じが悪い。なかなか美人だし胸も大きいのに、ふてぶてしい仏頂面のせいでだいなしだ。社員が快適に働けるよう支えるのが、人事部の役目だろう。ひょっとして、太田のせいでよけいな仕事が増えたのが気に入らないのか。

「午後早めに、こっちを出られれば」

しかし、こっちだって、好きこのんで彼女に頼んでいるわけではない。通常の出張なら、宿も足も部下に手配させるけれど、今回は事情が違う。彼女の上司である人事部長が、この件のサポートはうちの部に任せて下さい、と自ら言ったのだ。

「片道でいいんでしたよね？」

追い打ちをかけるように、彼女がたずねた。表情を動かさないように注意して、太田はしぶしぶうなずいた。

無機質な車内アナウンスが、単調な音楽とともに発車を予告する。

思わず、立ちあがりそうになる。降りたい。今すぐ降りて、まっすぐ家に帰りたい。やっぱりやめたよ、と笑ってみせたら、妻や娘はびっくりするだろう。

立ちあがるかわりに、太田は膝にひじをつき、頭を抱えた。今ここで新幹線から降りてしまえるくらいなら、そもそも乗っていないはずなのだった。異動の内示を受けた時点で、さっさと辞表を出せばよかったのだ。

どうしてこんなことに。何度となく繰り返してきた問いを、胸の中で恨めしくつぶやく。おれがいったい、なにをしたって言うんだ。

新幹線がゆるゆると動き出す。閑散としたホームが、みるみる後ろへ遠ざかっていく。

上野駅を過ぎると、車窓は急に殺風景になった。くすんだ灰色や茶色の建物が、果てしなく続いている。重たい鉛色に塗りつぶされた、真冬の曇り空の下で、なにもかもが寒々しく見える。

北海道の造船所に行くのは、入社直後の研修以来、二度目である。ということは、実に三十年以上ぶりだ。

当時は新幹線が通っていなかったから、やむをえず飛行機に乗った。春だというのに季節はずれの大雪で、なかなか着陸できず、空港の上空を旋回しながら一時間以上も待った。あまりに揺れて太田は命の危険すら感じたが、同行した同期や先輩社員たちは、遊園地のアトラクションにでも乗っているかのようにはしゃいでいた。ひとり弱音を吐くわけにもいかなくて、顔に作り笑いを貼りつけて耐えた。

思えばあの頃から、北海道とは相性が悪かった。

今回は陸路で行けるだけ、ましかもしれない。新幹線の終点まで四時間ちょっと、そこから普通列車に乗り換えて二時間ほどで、待ち時間も含めて七時間近くの長旅にはなるものの、少なくとも空の上で足どめを食らうことはない。九州の実家に帰省するときも新幹線を利用しているから、長時間の乗車にも慣れている。三人席の窓際に娘、通路側に太田、真ん中に妻という席順は、昔から変わらない。

引き続き静まり返っている車内を、あらためて見回してみる。同じ下りの新幹線でも、西へ向かうそれとはずいぶん雰囲気が違う。本数もそう多くないし、そこそこ混んでいるかと覚悟していたのに、平日の中途半端な時間だからだろうか。それにしても、この辛気くさい静寂はなんとも気がめいる。いつもの混雑した車内がなつかしく感じられるほどだ。通路を走り回って騒ぐ子どもや、彼らを平然と放っている親や、ばかでかい声を張りあげる関西弁の酔っぱらいさえも。

　北へ向かうという行為そのものが、まず憂鬱だ。福岡で生まれ育った太田にとっては、東京よりも北の地域はなじみが薄い。差別するつもりはないけれど、寒くて暗くてさびしい土地、という先入観が刷りこまれている。

　以前、家族でテレビの旅番組を見ていたときに、そんな感想をぽろりともらしてしまったことがある。

「偏見だよ。パパってほんと、思いこみが激しいよね」

　娘はあきれ顔で肩をすくめた。

「さすが、九州男児」

　違うだろう、と太田は思った。本物の九州男児であれば、たとえば太田の父だったら、わが子が親に対してこんな軽口をたたくなんて許さないはずだ。

　幼い頃には太田によくなついていたひとり娘は、中学に入ったとたん、いきなり生意気になった。横柄（おうへい）な物言いにかちんとくることも、なくはない。というか、けっこうある。太田はもともと――それも九州男児の特徴だと娘はしたり顔でうそぶくかもしれないが――頭に血の上りやすい性質である。ぐっとこらえて受け流しているのは、会話がなくなるよりはずっといい、と判断してのことだ。思春期の娘との間に繰り広げられる冷戦については、友人や同僚から悲惨な体験談をわんさか聞いている。

黙りこんだ太田にかわって、妻が横からたしなめた。

「九州男児は思いこみが激しいって、それこそ偏見じゃないの」

妻も同じく九州の出身だ。娘と違い、基本的には夫を立ててくれる。あるいは、九州男児という言葉を娘に教えた張本人として、ちょっと責任を感じたのかもしれない。

九州男児、と太田がたびたび言われるようになったのは、上京してからである。よくも悪くも、男らしい、という意味あいのようだ。ただし、その中に含まれうる特徴は幅広い。頼りになるとか決断力があるとか情に厚いとか、亭主関白だとか高圧的だとか横暴だとか、いかようにでも解釈できる。どういう意図で言われているにせよ、悪い気はしなかった。男にとって、少なくとも太田にとっては、男らしいというのはほめ言葉にほかならない。

そうだ、男らしくいこう。太田は座席に体を沈め、全身の力を抜いた。いらいらしてもしかたない。この先は長い。潔く、堂々とふるまおう。

まずは、一本喫おう。

前の席の背にくっついている、折り畳み式のテーブルに、車両の案内図が描かれている。トイレやグリーン車や自動販売機の位置が、簡素なイラストで示してある。

うあ、とも、ふお、とも聞こえる情けない声が、太田の口からこぼれた。喫煙ルームが、どこにもない。

あきらめきれず、通りかかった車内販売の係員にも聞いてみた。

「申し訳ありませんが、完全禁煙になっております」

慇懃（いんぎん）な口調は、かえって小馬鹿にされている感じがした。なにを今さらわかりきったことを、と突き放されたようでもあった。

「あ、そう」

太田は憮然として正面に向き直った。係員が無表情で一礼し、再びワゴンを押しはじめる。厚めの化粧がほどこされた横顔が、あの無愛想な人事部の担当者に少し似ている。

彼女も彼女だ。切符の手配を頼んだとき、喫煙ルームに近い車両にしてくれ、とこちらからわざわざ指定しておいたのに、気が利かない。喫煙ルームが存在しないとあの場では知らなかったにしても、その後、席を予約しようとした時点で気がついただろう。ひとこと事前に教えてくれれば、心の準備もできたはずだ。

舌打ちをしたところで、かすかな違和感が胸をよぎった。太田は上着のポケットから携帯電話を取り出し、メールの画面を開いた。会社のアドレスに届いたメールも私用のそれも、読めるように設定してある。

画面に指先をすべらせて、数日前に届いた一通を探しあてた。赴任手続き関連、と味もそっけもない題名がついている。こんないまいましい題名では、内容を丁寧に確認する気にもなれず、ざっと流し読みしたきりだった。

文面は、項目ごとに箇条書きでまとめられている。ひとつめがさっそく、交通について、となっていた。新幹線の出発時刻と到着時刻、そこから先の乗り継ぎ経路と時間、と列記されているのを読み飛ばし、下へ下へと進んでいくと、はたして最後の最後に、〈※北海道新幹線には喫煙ルームがないようです〉とただし書きが添えてあった。

宿泊について、と題された次の段落を読む気力も失せて、太田は携帯電話を膝の上に放り出した。だらりとシートにもたれかかり、天井を見上げる。蛍光灯がばかに明るい。

こうも不運が続くと、腹立たしいのを通り越して、なんだか不気味だ。なにか悪いものでも憑いてるんじゃないか。柄にもなく非科学的な考えが脳裏に去来し、次の瞬間に、そんな自分にげんなりした。

こんなはずじゃなかった。

人事部長の倉内に、面談という名目で呼び出されたのは、正月休みが明けてしばらく経った頃だった。

来たか、と太田は身がまえた。この春の人事異動では、例年以上に大きな動きがあるということを、すでに知っていたからである。事業戦略室長という立場柄、そういう重要事項は一般の社員よりも早く耳に入ってくるのだ。社長が交代するとはじめて小耳に挟んだときから、会社の経営方針や組織はどう変わるのか、自分にはどのような影響が及ぶのか、あれこれ考えをめぐらしていた。

新社長に就任する北里（きたざと）という男のことは、よく知らなかった。何年か前に、北海道の造船所長として左遷されたといううわさだけ聞いていた。太田が事業戦略室長に任命され、経営陣と密にかかわるようになったのは、彼がいなくなった後だった。これもうわさによれば、北里は公平な性格で、政治的なかけひきをきらうらしいと知って、少し安心した。前社長にとりたてられたからといって、煙たがられることはなさそうだ。

さらなる情報収集も続けた結果、当面は今の役職にとどまることになるだろう、と太田はほぼ確信していた。これまでの四年間、つつがなくやってきた。大きな失敗は犯していないし、社長だけでなく、他の役員や部門長たちとの関係も悪くない。

娘は太田の頭が固いように言うけれど、事業戦略室長という仕事には、柔軟性が欠かせない。お偉方の顔を立て、無茶な注文を受けても全力を尽くし、四方八方に細かく気を回す。たいていの問題について、立場も見解も部署ごとに異なる。部門の間で板挟みになりながら調整役に徹する、このねばり強い献身ぶりを見たなら、妻も両親も友達も、太田を古くから知っている者はみんな驚くに違いない。

子どもの頃から、太田は負けずぎらいで通ってきたのだ。テストでもかけっこでもゲームでも、勝つための努力は惜しまなかった。おとなになってからも、常に上をめざしてきた。出世も人並み以上に早く、新入社員で営業部に配属されてから、主任、課長、部長と順調に昇進した。仕事以外にも、ほしいものは着々と手に入れた。優しく美しい妻、かわいい娘、閑静な住宅街に建つ一軒家、ドイツ製の高級車。上を見ればきりがないとはいえ、おおむね勝ち組としてやってきたつもりだ。

五十代の半ばにさしかかろうとしている今も、負けるのが大きらいなのは変わらない。一方で、幼い頃とは違い、がむしゃらに我を通すばかりが能ではないということも学んだ。組織や社会の中では、譲れるところは譲り、下手に出るべき局面もある。特に会社では、上から疎まれれば道は閉ざされてしまう。一見、自分を殺して働いているようでも、それは負けではなく、将来の勝ちにつながる投資になる。

なるはずだった。

短気な社長にどなりつけられても、わがままな役員から面倒な用事を押しつけられても、比較的自由にやれていた営業部長時代が恋しくなっても、だから耐えた。会社の中枢を支えているという意識と満足感にも、力づけられた。経営陣を助け、会社の命運を握っているのだから、それなりの苦労はやむをえない。

どうしてこんなことまで、とぼやきたくなるような仕事も、なくはなかった。でも、そういうときに限って、ふだんは無理ばかり言ってくる上の人間たちが、いつになく親身に労(ねぎら)ってくれる。ありがとう。助かるよ。次は役員だな。甘い飴を口の中に放りこむように、そんなことを言うのだった。

次は役員だな。飴がすっかり溶けてしまっても、その味は太田の舌に長く残った。

「北海道の造船所長、やってみませんか」

人事部の執務室の片隅にある狭い会議室で、倉内がにこやかにそう言い放ったときには、耳を疑った。

北海道の造船所は、法的には北斗造船の子会社として独立している。従って、その全体を統括する所長は、子会社社長とも言い換えられる。太田にとっては昇格といっていい。

五年前なら、喜べたかもしれない。喜べないまでも、絶望はしなかったはずだ。きっと本社役員への足がかりになる、何年かつとめて戻ってくればいい、と気持ちを奮いたたせて北へ向かえただろう。

けれど、太田はもう五十四歳である。社内の通例を考えると、十中八九、今回が最後の異動になる。

ばらばらばら、と窓に石つぶてが投げつけられたような音が聞こえてきた。

びくりと顔を上げ、外を見た。ガラスを激しくたたいているのは、石ではなく大粒の雨だった。でたらめな波模様のついた窓の外は、夕暮れどきのように暗い。車内の電灯を背に映っている、鬱々とした表情の男から、太田は急いで目をそむけた。

大宮駅では、客の乗り降りはほとんどなかった。数分だけ停車して、新幹線はすべるように走り出した。

ホームの屋根が途切れたとたんに、激しい雨音が戻ってきた。太田は再び携帯電話を手にとった。東京駅を出てからまだ三十分も過ぎていないなんて、信じられない。軽く三時間は経ったような気がする。これからの長い道中をしのぐために、たばこにかわる気晴らしがほしい。気を晴らすのは無理でも、幾分はまぎらわせてくれるような、なにかが。

社内メールが何通か届いている。経理部から〈経費精算締日のお知らせ（二月）〉、人事部からは〈今月分の勤怠登録のお願い〉、と月末恒例の一斉メールが並んでいた。秘書室からは〈来月の経営会議日程〉と〈三月の役員出張予定〉が届いている。毎月、関係者に共有されている情報だ。いずれも、開封して文面を読む気にはなれない。その必要もない。これらを受けとるのも今月で最後かもしれない。

太田ひとりに宛てたメールは、一通もなかった。さしあたり急ぎの案件はないはずで、部下たちから連絡がないのは想定していたが、どうも所在ない。手が空く時期を見定めて日を決めたのだから、当然といえば当然だし、部下は部下で気を遣ってくれてもいるのだろうけれど。

引き継ぎを現地でやろうと提案してきたのは、北里新社長だった。

この間、彼が本社に来ていたときに、北海道支社、つまり造船所の概要は説明してもらったものの、太田はいまひとつ集中できなかった。正直にいえば、聞きたくもなかった。表向きは傾聴してみせつつも、話の内容はほとんど覚えていない。

太田の投げやりな気持ちを、北里も察したのだろうか。そうでなくても、かつては同じ苦境に立たされた身で、想像はつくはずだ。現場に行ってみれば、多少なりとも引き継ぎに身が入ると考えたのかもしれない。

ついでに四月からの住まいも決めたらどうかともすすめられて、週末を挟んで滞在し、不動産屋に行くことになった。いつ東京へ帰るかはその進捗しだいなので、日程が定まらない。この状況でうまい言い訳をひねり出せそうにもなく、出発の日どりが決まった後で、部下たちにも異動の話を内々に打ち明けた。

「北海道！　いいですね。ごはんがおいしそう」

屈託のない笑顔で言い放ったのは、最年少かつ唯一の二十代である女子社員だった。顔をこわばらせていた他の者たちも、とってつけたように言葉を継いだ。

「海に近いから、魚ですかね」

「夏は涼しくて快適なんじゃないですか」

いたたまれなくなってきて、太田はまぜ返した。

「いやいや、遊びにいくわけじゃないんだから」

部下たちに悪気がないのはわかっていた。どう反応していいのか、見当がつかないだけなのだろう。太田自身ですらそうなのだから、無理もない。

「所長ってことは、社長じゃないですか」

日頃は無口な副室長が、横から口を挟んだ。

「おめでとうございます。がんばって下さい」

笑みは若干ぎこちないながら、栄転を祝福しているかのような明るい口ぶりのおかげで、なんとなく場がおさまった。皆ほっとした顔になり、おめでとうございます、と競うようにたたみかけた。

唐突に、執務室の光景が太田の眼前に浮かぶ。

港を見下ろせる窓を背にして据えられた太田のデスク、その前にふたつずつ向きあうように整然と並んだ部下たちのデスク、部署を囲うように配置された腰高のキャビネットに、コートがずらりとぶらさがっているハンガーラック。そして、空っぽになった室長の席には目もくれず、忙しげに働く部下たちの姿。

つい昨日まで日々を過ごしていた場所が、途方もなく遠い。

メールの画面を閉じ、手持ちぶさたに携帯電話をもてあそぶ。妻にメッセージでも送ってみようか。しかし、なにを書こう。まだどこかに着いたわけでもない。雨に濡れた景色はひたすら陰気で、報告するほどのものはなにも見えない。東京駅を出た直後にちらっと見えた、スカイツリーでも撮っておけばよかった。

送ったら送ったで、返事を待つのも気が進まない。妻は携帯電話が苦手だと言って、電話もメールも最低限しかしない。外出するときには一応持っていくが、家ではそのへんに置きっぱなしにしていて、娘によく文句を言われている。

「ママ、またわたしのメール無視したでしょ」

「ごめんね。急ぎだった?」

「別にそういうわけじゃないけど」

「じゃあ、いいじゃない。家に帰ってきたら話せるんだし」

妻はおっとりと言い返す。一理ある。家族が毎日同じ家に帰ってくるのであれば、緊急の用でない限り、それでまにあう。太田自身も、まめに連絡をとるほうではなかった。薄っぺらい携帯電話を、左右の手のひらでぎゅっと挟む。でもこれからは、そういうわけにもいかなくなる。

家族には、当然ながら部下よりもずっと前に、異動の話を伝えた。子会社とはいえ社長という肩書きがつくことと、太田と入れ替わりに東京へ戻ってくる前任者が本社の社長になることを、強調した。

「じゃあ、パパも次は本社社長ってこと？」

娘は無邪気に言った。

「まあ、運もあるからなあ」

ほがらかに聞こえるように祈りつつ、太田は冗談めかして答えた。一生分の運をかき集めても、まず無理だが。

「夏休みとか冬休みとか、遊びにいってもいい？」

「もちろん」

この返事もほがらかに響いたかどうかは、自信がない。

もうすぐ高校三年生になる娘が、北海道についてきてくれると期待していたわけではない。大学受験もひかえているこの時期に、五年も通った中高一貫の私立校から、今さら転校するのは現実的ではない。娘ひとりを置いていくわけにいかないので、妻も残らざるをえない。単身赴任は、太田だって覚悟していた。

それでも、もうちょっと他に言うことがあるんじゃないか、とも思ったのだった。たとえば、ついていけなくてごめんね、とか、パパと離れるのはさびしい、とか。

「来年はちょっと無理じゃない？」

横で聞いていた妻が、割って入った。

「あ、そっか。じゃ、大学入ってから。ママも一緒に行こうよ」

「そうね。できれば、気候のいいときに」

「ママ、寒がりだもんねえ。でも、冬の温泉とかもよさそうじゃない？」

いやいや、遊びにいくわけじゃないんだから、とこのときは茶化す余裕もなく、太田はむっつりと押し黙っていた。

どうしてこんなことになってしまったのか。

考えても詮ない話だとは知りながら、やっぱり考えてしまう。この異動は、いったい誰の差し金なんだろう。

最初の頃は、その誰かに働きかければなんとかなったりしないだろうか、と現実味のない希望を抱きもした。そんなことはありえないと観念してからも、せめて怒りの矛先(ほこさき)を向けるべき相手を知りたかった。

もしかして、太田と同じく追われる立場となった、現社長だろうか？　古代中国の皇帝だったかエジプトのファラオだったか、主君の遺体とともに家来も生き埋めにするとかいう、とんでもない慣習があったと聞いたことがある。命のかわりに、会社員生命を差し出せというのか。

でも、異動が決まった後で社長と話したときには、すまない、おれが守りきってやれなくて、と何度も謝られた。彼とは営業部時代からの長いつきあいだ。よくも悪くも親分気質で義理人情を重んじるあの社長が、忠実に仕えてきた部下を巻き添えにしようとするだろうか。

あるいは、副室長とか？　二番手が上を追い落として後釜におさまるのは、珍しくない話だ。まじめで実直な男だと信頼していたのに、腹の中では太田をだしぬく好機を虎視眈々とねらっていたのだろうか。もしそうなら、部下たちの前で北海道への異動を祝ってみせたのは、痛烈な皮肉だったことになる。

でも、あの気の毒そうなまなざしは、演技には見えなかった。仕事はてきぱきとこなす反面、根が不器用な彼は、喜怒哀楽がすぐ顔に出る。下の者の前ではもう少し感情をおさえてふるまったほうがいいと忠告したのは、ほかならぬ太田である。

それに、次期室長になるのは彼ではない。

「後任はもう決まってるんですか?」

先週、会議でたまたま倉内と顔を合わせたときに、太田はなにげないふうを装ってたずねてみた。会議室には他の参加者も何人か残っていたが、これだけ聞いてもなんの話かはわからないはずだった。

「候補は考えていますが、確定ではありません」

歯切れの悪い返事だった。本当だろうかと太田があやしんでいるのを察したのか、倉内は言い訳がましく続けた。

「まだご本人に打診もしていないので。承諾がとれしだい、太田さんにもなるべく早くお知らせします」

「えっ、まだ話してないの?」

ふたりとすれ違いざま、立ち話に割りこんできたのは、人事担当の役員だった。

「話、早く通しちゃってよ。彼女が断るはずないって」

彼女?

「はい。ただ、そちらのほうの後任も調整しないといけませんし」

後任が女だなんて、太田は夢にも思っていなかった。女が事業戦略室長になるなんて、前代未聞だ。人事部はかねてから女性の登用に力を入れているようだけれども、これは一般社員の話ではない。事業戦略室という、経営陣を支え会社を動かす部門を束ねる責任者が、女？

ありえない。

もしや、と太田ははっと思いつく。異動の立役者は、人事部じゃないか。事業戦略室長の交代について、最終的に決断を下したのは上層部でも、そうすべきだと進言したのは人事、より具体的には部長である倉内ではないか。

社長が参加する種々の会議には、太田も同席する場合が多い中で、人事部のそれにはほとんど出ていない。毎回出席するのは社長と人事担当役員と人事部長の三人に限られ、他の者は関連する議題のときにだけ招集がかかる。

人事がらみの話はえてして扱いが難しく、関係者を必要最低限にしぼりたいらしい、と太田は前任者から説明された。人事戦略も全社の戦略の一部である以上、事業戦略室の管轄とも言えるはずなのに、蚊帳（かや）の外に置かれるのは解（げ）せなかった。

「人事はある種、聖域なので」

不服が伝わったのか、あやすように言われた。

「さわらぬ神にたたりなし、ですよ」

神とはまた大仰な、と太田は内心おおいに鼻白んだものだった。が、今となっては軽く受け流せない。

これはつまり、たたりなのか？

太田は頭を振り、窓の外に目をやった。さっきまで田畑が延々と広がっていたのに、いつのまにか市街地に入っていた。雨はさらに激しくなっている。線路の周りには高いビルが立ち並び、そこそこ都会ではあるようだが、ぼうっとけぶってシルエットしか見えない。

あと数分で仙台駅に着く、とアナウンスが入った。

仙台駅のホームは、まずまず活気があった。大きな荷物を抱え、むくむくと着ぶくれた人々が、窓の向こうをゆきかっている。誰もかれもがうきうきと目的地へ急いでいるように見えるのは、太田のひがみだろうか。

シートにもたれ、こめかみをもみほぐしながら、この四年間を振り返ってみる。人事部にたたられるような悪行をしでかした覚えは、ない。

勤怠の記録も、福利厚生がらみの書類も、評価面談の結果も、人事から命じられたこまごまとした提出物の期限は、どれも守っていた。採用の面接官を依頼されれば、忙しくても時間をひねり出して協力した。人員を拡充したいという要請が通らなかったときも、ごねずに引きさがった。

部下たちとも、うまくやっていたつもりだ。営業部の面々に比べると概しておとなしく、誰ひとりたばこも酒もやらないのは物足りなかったが、かといって無理強いしたこともない。副室長をはじめ有能な者が多いのに、欲というか向上心というか、高いところをめざそうとする態度が見られないのも、内心ではもったいないと思いつつ黙っていた。

どこか冷めていて、仕事への熱意や覇気に欠けるように見受けられるのは、部署を問わず最近の若い者の特徴なので、もう慣れている。営業課長としてはじめて部下を持った頃は、もっとがんばれと説教したり、近頃のやつはやる気がないと憤ったりもしたけれど、いつしかそういうものだと割り切るようになっていた。勝とうとするどころか、はなから勝負を投げているふしのある若者たちは、太田にはもはや不快というより不可解だ。そのくせ、この仕事にはやりがいが見出せないとか、こんなつまらない雑務をするはずじゃなかったとか、意味の通らないことを言って急に辞めてしまったりもする。

いきなり辞められると、困る。優秀な者は言うまでもなく、そうでない者でも、よほど無能でない限りは困る。上司としての責任を問われ、査定に響くかもしれないし、なにより業務を回す人手が足りなくなる。

それもあって、太田は部下を大事にしてきた。頼んだ仕事がしあがれば、しっかりと礼を言う。期待以上のできばえならさらにほめ、以下であっても、極力本人を傷つけないように指導する。パワハラだのセクハラだのと騒がれてはかなわない。特に、女の部下や同僚と接するときには、細心の注意をはらっていた。失言がないように心がけ、機嫌よく働いてもらえるようにあたたかく見守ってきた。

その挙句(あげく)、女に仕事を明け渡すはめになるとは。

結局、後任の名を太田はまだ知らされていない。依然として倉内のところで話がとまっているのか、はたまた本人が難色を示しているのか。人事担当役員は、いやに自信ありげだったのに。

まさか、あの役員が「彼女」を推薦したわけではあるまい。公の場では口に出さないが、女性の積極採用や管理職への登用に対して、内心では気が乗らないようだった。国や自治体から、女性幹部の比率だの産休の取得率だのをうるさく言われる、と前に飲み屋でこぼしていたこともある。数字が悪いと補助金出せませんって、脅迫だろ？　女だからってだけで優遇しなきゃいけないなんて、それこそ差別だよな？

もともと酒が入ると過激な意見をもらしがちな彼に、このときばかりは太田も心から同意した。男尊女卑、とこれも娘なら眉をひそめかねないが、そうではない。太田は女を見下してても軽んじてもいない。もっと上の世代で見かけるように、家長の権利を振りかざしたり、家族に絶対服従を強いたりもしない。どうしても譲れないところを除いては、妻子のしたいようにさせてやっている。

ただ、仕事には向き不向きというものがある。女には本来、主婦として家事をこなし、子どもを産み育てるという役割がある。それを放棄して、あるいは犠牲にしてまで、外で働きたいという発想が、太田にはぴんとこない。妻がそういう女でなくてよかったと心底思う。

とはいえ、それを声高に主張するつもりもない。あくまで個人的な意見として、胸にとどめている。女は働くなと強引に切り捨てようとも思わない。本人が望むなら、それはそれでしかたがない。働かざるをえない事情があるのかもしれない。若い男が頼りないせいで、かわりに女が強くなるしかないのだろう、と同情さえ覚える。

太田が入社した頃は、女性総合職などいなかった。女は女らしく、お茶を淹れたりコピーをとったりしてくれた。数年働いて寿退社する者が圧倒的に多く、そこで残った場合も、出産を機に辞めていった。それが今や、産休や育休をとってから復職するのはあたりまえだし、時短勤務などという制度までできている。

女の管理職も、何人もいる。たとえば、社内でも重要な部門とみなされている技術開発部の現部長は、女だ。小柄な体に野心をみなぎらせ、肩肘張って男たちを威嚇している彼女のことを、太田はひそかに苦手にしていた。てっきり独身だとばかり思いこんでいたので、職場結婚だと知って驚いた。夫はなんと、太田の同期だった。さっぱりして気の好い男だが、女房より地位も給料も下で、同じ会社によくのほほんと勤めていられるものだ。太田なら、恥ずかしくてとっくに辞めている。

彼ら夫婦は極端な例だとしても、時代が変わってしまったのは間違いない。特に数年前からは、女性の積極活用が全社の人事戦略のひとつとして掲げられ、人事部がさまざまな施策を進めている。採用活動で、女性の働きやすい会社という特色を打ち出すと決まったときには、それでは逆に男子学生から敬遠されてしまうのではないか、と太田はこっそり首をひねったものだ。少なくとも太田は、そんな会社に魅力は感じない。

しかし人事部の説明によると、女性の働きやすい会社だと認められれば、社内制度が充実していて従業員全般に優しいという印象にもつながり、男女問わず人気が集まるとのことだった。最初は半信半疑だったけれど、採用活動の成果は質量ともに快調で、今となっては異を唱える者もいない。そうでなくても、査定の権限を握っている人事部には、誰しも面と向かって物申しづらいのだ。

人事部のやつらは、本当にやりたい放題だ。

ふつふつと怒りがわいてくる。だいたい、あの倉内という男は、信用がおけないと前々から思っていた。ひとあたりがいい反面、腹の内がまったく読めない。なにがあっても動じず、たぬきのようなとぼけ面でのらくらとかわす。それでいて恰幅(かっぷく)がいいせいか、妙な威圧感を漂わせている。太田は男にしては背が低めなので、大柄な相手には見下ろされる格好になり、どうにも気分が悪いのだった。

でかいというだけで、なんだかえらそうに見える。そう、ちょうど、通路の先からのしのしと歩いてくる乗客のような——。

太田は目をみはった。少しずつ近づいてくるその男は、背格好ばかりか顔まで倉内にそっくりだった。思い詰めすぎて、幻を見ているのか？　それとも、他人の空似か？

太田の視線に気づいたのか、彼もこちらを見た。そしてゆっくりと笑顔になった。

「奇遇ですね」

と、倉内は言った。

三人席の通路側、太田がコートを置いている席を挟んで隣に、倉内はすとんと腰を下ろした。

「え、そこなんですか？」

「いえ。まさか」

コートを脱ぎながら、ふるふると首を振る。

「でも、せっかくなので」

せっかくってなんだ、と太田は言い返しそうになる。自分の飛ばした男がいやいや現地へ向かおうとしている、その道中に出くわしたわけである。落ちこんでいる姿を眺めて楽しもうというなら悪趣味きわまりないし、なんにも他意がないとすると、それはそれで無神経だ。

「だけどここ、指定席でしょう」

平静を装って指摘する。

「こんなに空いてるし、大丈夫ですよ。いやあ、偶然ってあるんですね。こんなところで会社の同僚に会うなんて、思ってもみなかった」

相槌を打つ気にもなれない。こんなところで、などとよくしゃあしゃあと言えたものだ。おれがこんなところにいるのは、お前のせいじゃないか。それとも、おれを本社から追いはらえてそんなに満足か。

「転職セミナーに呼ばれましてね、技術職向けの。なかなか盛りあがってました。首都圏や大阪ではときどきやるんですが、地方だと珍しいからかもしれません」

倉内はぺらぺらと話し続ける。会社では物静かな印象なのに、セミナーで熱弁してきた余韻が残っているのか、旅先で気分が高揚しているのか、どうも雰囲気が違う。

「北日本に強い人材エージェントが主催してるんですよ。同じ内容で、明日は函館会場、明後日は札幌会場でやるっていうんで、どうせなら全部回ってみようかと。調べてみたら、意外に遠かったんですけどね」

　ははは、と倉内は自分の言葉に自分で笑ってから、われに返ったようにまばたきした。心配そうに太田をのぞきこんでくる。

「すみません、わたしばっかり喋ってしまって。太田さんはお疲れですか」

「いえ別に」

　太田はむっとして否定した。しょげていると思われるのは癪だ。皮肉をこめて、つけ加える。

「楽しそうですね」

「わかります？」

　倉内は恥じるふうもなく、にっこりした。

「出張ってきらいじゃないんです。特にひとりだと、身軽でしょう。上司も部下もいないっていうのが、気楽ですよね」

　たれぎみの目尻をいっそう下げ、人事部長らしからぬことをしみじみと言っている。

「本社にいると、息が詰まるときもありますし」

うってかわってまじめな表情になって、倉内は言い添えた。

皮肉の仕返しというわけでもなさそうだ。ひょっとして、太田を励ましているつもりだろうか。同情か、罪悪感か、なんにせよ、今になって憐れまれてももう遅い。というか、憐れまれたくない。人事部長たるもの、そのくらいの機微は察してもらいたい。

それとも、おれはそんなにみじめに見えるのか？

「そういえば、後任って」

頭の中にわだかまっていた疑問をうっかり口走ってしまったのは、動揺のせいだと思う。

「まだ最終調整中なんです。お待たせしてすみません。来週には必ずお知らせします」

すまなそうに謝られて、太田が感じたのは落胆ではなく安堵だった。ここで固有名詞を出されたら、もっと落ちこんでしまいそうだ。

続きを聞いて、しかし仰天した。

「来週の後半なら東京に戻られてますよね？　今週末は北海道だって北里に聞きましたけど」

次期社長の名をぞんざいに呼び捨てにするなんて、何様だ。

人事部長の手にかかれば、社長すらも駒のひとつなのか。なんともいえない気分になった太田に、倉内はまたもや思わぬことを言った。

「実は、北里とは同期なんですよ。ちょっと融通が利かないところもありますけど、根は悪いやつじゃないので安心して下さい」

仮にも会社の頂点に立つ人間のことを、気やすく言ってのける。親しげな物言いに、なんだか調子が狂う。

「がんこなんです、昔から。ここだけの話、今回の件もなかなかうんと言ってくれなくって」

「今回の件？」

すっとんきょうな声が出てしまった。

「社長になりたくなかったってことですか？」

北里とは少し話しただけだが、頭がきれて隙のない、いかにもやり手という印象を受けた。それなりに意欲もありそうだった。社長の座につくのを渋っていたなんて、意外だ。ひょっとして、左遷されたのをまだ根に持っているのか。

「いえ、社長になりたくないっていうか……」

倉内は言葉を濁し、苦笑まじりに続けた。

「北海道から離れたくないみたいで」

そういえば、太田との短い会話の間にも、北海道はいいところだと北里は何度も繰り返していた。楽しみです、と太田は口先だけで応えつつ、心の中では毒づいていた。あんたはいいよな。一度は飛ばされながら、奇跡的に復活して、喜び勇んで本社に凱旋するんだから。

もし倉内の話が本当なら、自由で快適で働きやすいと北里がくどいほど強調していたのは、傷心の後任に対する配慮ばかりでもなかったようだ。社内政治にも否定的らしいし、それこそ先ほど倉内がもらしていたように、本社のしがらみは息が詰まりそうだと警戒もしているのかもしれない。まして、何年も離れ小島でのびのびと気ままにやってきた後である。

だからといって、太田は喜び勇んで北海道へ行く気にはなれないけれども。

「あの、倉内さん」

ずっと心の中にひっかかっていた質問が、口から転がり出そうになった。

「どうしてわたしは……」

「はい？」

倉内が口を薄く開け、太田の顔を見た。

「いや、なんでもないです」

急に恥ずかしくなって、太田は言い直した。今さら未練がましく異動の理由を聞いてもしかたがない。倉内が正直に教えてくれるかも疑わしい。

「お客様」

声をかけられて顔を上げると、制服姿の乗務員が通路に立っていた。

「お話し中に失礼します。切符を拝見してよろしいですか？」

「あ、わたしはこの席じゃないんですよ」

倉内の返答に、乗務員がさっと顔を曇らせる。

「申し訳ありませんが、こちらは指定席となっておりまして」

「はい、はい、わかりました。移ります」

さっき太田が注意したときのように、しれっとして受け流すかと思いきや、倉内はおとなしく立ちあがった。

「では、お気をつけて」

太田にも愛想よく会釈する。

「次の仕事、太田さんには向いていると思いますよ」

思い出したように、言い足した。

目を開けたら、窓の外は真っ暗だった。

一瞬、日が暮れたのかと思ったけれど、よく見たら白い蛍光灯が等間隔に並んでいる。車内の案内表示によると、青函（せいかん）トンネルの中を走っているらしい。倉内と話した後、どっと疲れが出て、いつのまにかうたた寝してしまっていたようだ。

窓の外から、ガラスに映っている自分の顔へと、太田は焦点を移した。まるで見知らぬ他人を眺めるように、とっくりと見入ってしまう。なんというか、ひどく気の抜けた顔つきをしている。もちろん楽しそうとはいえない。でも、思いのほか、悲しそうでもない。

おれも、本社で息を詰めていたんだろうか？

そうかもしれない。倉内につられたわけではないけれど、認める気になった。詰めていた、かもしれない。

仕事場は、勝負の場でもあった。主任、課長、部長、上っていくたびに階段の幅はどんどん狭くなる。強い者は、それでも上へ上へと勝ち進んでいく。弱い者は敗れて底辺にとどまる。指をくわえて頭上をあおぎ、ひがんだりうらやんだりしたくなければ、気を抜くわけにはいかない。ゆったり深呼吸している場合ではない。

周囲を注意深くうかがい、上の段に立っている者には、手を差し伸べてもらえるように働きかける。下の段から追いかけてくる者には、押しのけられないように用心する。そうやって、三十年もの間、太田は一段ずつ上ってきた。部下に尊敬され、上司に一目置かれたかった。認められたかった。出世したかった。勝ち続けたかった。

ただ、営業部を離れて事業戦略室にやってきてからは、これまで以上に大変だった。営業部は規模が大きく、人数も多い。体育会系だとか上下関係が厳しいとか、他の部門から冗談まじりに揶揄されることはあっても、太田は部内の秩序と団結力をつねづね誇りに思っていた。統率の行き届いた組織の中で、管理職と現場の役割はきっちりと分かれている。資料を作ったり調べものをしたり、手を動かすのは若手の仕事で、上長は彼らを監督し、適切な指示や助言を与える。

事業戦略室では、勝手が違った。室長も実働部隊の一員としてもれなく巻きこまれる。なにせ、総勢たった八人の部署である。少数精鋭といえば聞こえはいいし、実際に部下たちは優秀なのだが、重要かつ緊急の案件が次から次へと舞いこんでくるので追いつかない。会議の資料を一から作るなんて、太田にとっては十年以上ぶりだった。苦労してしあげても、部下たちの作ったそれと比べて見劣りがした。その手の作業からは永らく遠ざかっていたのだからしかたない、と自分を慰めてみたところで、気持ちは晴れなかった。

しかも、下が七人しかいないのに、上には大勢いる。直属の上司である社長だけでなく、他の役員たちも、てんでに依頼を持ちかけてくる。どこの部署も人手不足で忙しい中で、便利に使える雑用係と目されていたのだろう。他社からこんな話を聞いたんだけど、ちょっと調べてくれない？　このデータ、うまいことまとめといてもらえる？

他人の思いつきや気まぐれに振り回され、自分の仕事を自分でコントロールできないいらだちは、これも永らく味わっていなかったものだった。おまけに、なにかとじゃまされるばかりでなく、全社課題を解決する斬新な方策はないか、目新しい提案はないか、と難しい問いも投げかけられる。やれと言われた仕事で手いっぱいなのに、そこまで頭が回るはずがないじゃないか、と腹の中で嘆息するしかなかった。

あんな仕事、と苦々しく思い返す。別に好きでやっていたわけじゃない。愛着も未練もない、ないはずなのに、はずされて悔しい。腹立たしい。納得がいかない。

シートに身を預け、再びまぶたを閉じる。車内は変わらず静かだ。規則正しい振動に身を委ねているうちに、妙に気持ちが鎮まってくる。

本当は、わかっている。

こつこつ努力してきたはずが、どうしてこんなことになったのか、その答えは太田もうすうす知っている。上から蹴落とされたわけでも、下に引きずりおろされたわけでもない。次に上るはずだった一段が、太田にとっていささか高すぎたのだ。

おれがなにをしたっていうんだ、と憤慨するのは、だから的はずれなのだった。なにかしたのではない。なにもできなかった。

仕事は、結果だ。新入社員の頃、太田は上司にそう教わった。そのとおりだと思った。厳しいが、潔くていい、とも。それから月日が流れ、太田自身が部下を持つようになってからは、そう教える側に回った。

仕事は結果だ。結果を出せなければ、どう弁解しても負け犬の遠吠えにしかならない。雑用に時間をとられるとか、社長や重役たちにしょっちゅう呼びつけられて集中できないとか、そんなことは全部言い訳にすぎない。結局のところ、あの役職にふさわしい功績を、成果を、太田は残せなかった。他人の要望をうかがい、意見をすりあわせ、とりまとめはした。でも、自ら率先して新しいものを生み出せなかった。向いていなかった、ともいえるのかもしれない。向いていないのに無理やりこなそうとして、がまんにがまんを重ねるはめになった。

力不足だったんだな。

声には出さずにつぶやいて、そっと目を開ける。ほんの少しだけ、すっきりした。相変わらず、悔しくて、腹立たしくて、納得はいかないが。

冷たい窓ガラスに額を押しつけて、行く手をのぞく。トンネルはまだ終わらない。暗がりの中をのびているはずの線路に、目をこらす。

これまでずっと、太田も走り続けてきた。レールからはずれるなんて、思いもよらなかった。目の前に積みあげられた仕事に追われ、役員という呪文に翻弄(ほんろう)され、ぼろぼろに疲れ果てていても、とまるわけにはいかなかった。力不足などという軟弱な言葉を、とても口にはできなかった。頭の中に思い浮かべることすら、たぶん無意識のうちに、避けていた。

ガラス越しに伝わってくる冷気が、汗ばんだ肌から熱を奪っていく。ひんやりとして、気持ちがいい。

太田は大きく息を吸った。そして、深く吐いた。窓ガラスがふんわりと曇って、視界を白く染める。


造船所の最寄り駅までは、新幹線から鈍行列車に乗り換えて、さらに二時間ばかりかかった。

北海道に上陸してしばらくの間はひどい吹雪だったけれど、日が暮れてからはだんだん小降りになってきた。小さな無人駅にたどり着いたときには、粉砂糖のような細かい雪がちらちらと舞うばかりで、風もほとんどやんでいた。

三両編成の列車から降りた客は、太田ひとりだった。吐く息が白い。キャリーバッグをひきずって改札をくぐり、簡素な駅舎のひさしの下で立ちどまって、ひとけのないロータリーを見回した。

一面、雪が積もっている。表面は生クリームのようになめらかで、車輪や靴の跡はひとつもない。こんな雪景色を見たのは何年ぶりだろう。ロータリーの向こうに見える道路をトラックが通り過ぎ、また静寂が戻った。

それにしても、寒い。早くもかじかみはじめた両手をこすりあわせ、太田は身震いした。寒がりの妻にしつこくすすめられ、けっこう厚着してきたつもりだが、手袋やマフラーも持ってくればよかった。

造船所のそばにあるビジネスホテルまでは、タクシーで十分ほどかかるらしい。ここで待っているよりも、広い道路に出たほうが拾いやすいだろうか。

一歩、足を踏み出しかけたところで、駅舎の柱に目がとまった。目の高さに貼りつけられた黄ばんだ紙に、タクシー、とやけに達筆で書いてある。見慣れない市外局番のついた、固定電話の番号らしき数字も添えられている。

とりあえず、かけてみよう。コートのポケットを探り、携帯電話を取り出してみて、メッセージが入っているのに気づいた。

〈着いた？〉

受信時刻は数分前だった。着く時間を教えて、と出かける間際に妻からたずねられたのを思い出す。

〈着いた〉

小さな画面に文字を打ちこみ、少し考えてから消した。妻の番号を呼び出して、発信ボタンを押す。

「もしもし？　着いたの？」

珍しく、すぐに出た。

「着いた」

「寒い？」

妻は探るように聞く。

「寒い」

「雪、積もってる？」

「積もってる」

目の前に広がる白い景色を眺め、太田はつけ足した。

「きれいだよ」

「そう。いいわね」

妻の声がやわらかくなった。

「そうだ、キャリーバッグに手袋入れておいたから。横についてる、細長いポケットの中。よかったら使って」

携帯電話を耳にあてたまま、太田は腰をかがめた。空いている左手を、キャリーバッグのポケットにかけたとき、妻が続けた。

「あ、あとね。週末、わたしもそっちに行こうかと思って」

「へっ？　なんで？」

われながら間の抜けた声をもらし、太田は反射的に上体を起こした。

「だって、家を探すのとか、あなたひとりじゃあれでしょう？」

なんとも答えそびれているうちに、じゃあね、また連絡するから、と妻は一方的に電話を切った。

ツー、ツー、と規則正しい音を聞きながら、太田はしばらくぼんやりした。そして、キャリーバッグから手袋を出し、両手にはめた。

いくらか手があたたまってくるのを待って、手袋を片方はずし、タクシーの番号にかけてみた。ツー、ツー、と先ほどと同じ音が聞こえてきた。

困ったな、とは思ったが、不思議なことに、さほどあせりもしなかった。話し中だということは、営業しているはずだから、そのうちつながるだろう。いったん電話を切り、コートのポケットを探ってたばこの箱を取り出した。

貼り紙の真下に置いてある、脚つきの古めかしい灰皿の正面に立ち、一本くわえた。ライターで火をつけようとしたそのとき、視界の隅に光がひらめいた。

近づいてくる車のヘッドライトをみとめ、ちょうどよかった、と目を細めたのはつかのまだった。徐行運転でロータリーに入ってきたのは、タクシーではなく普通の乗用車だ。誰かを送ってきたのか、それとも迎えだろうか。つらつらと考えていたら、突然、鋭いクラクションが響きわたった。

口から落としそうになったたばこを、太田はあわてて指で挟み直した。なんめ前に停まった車を、あらためて見やる。運転席で見知らぬ若い男が手を振っている。助手席は空だ。とっさに、背後を振り返ってみた。やはり誰もいない。前に向き直ると、運転手がシートベルトをはずそうとしていた。

「太田さん、ですよね？」

車から降りてきた男は、にこにこして言った。鮮やかなオレンジ色のダウンジャケットと、膝下まで届く黒い長靴が、いかにも地元の青年といういでたちだ。まだ十代にも見えるつるんとした丸顔には、にきびの痕がところどころに浮かんでいる。

「おつかれさまです。組立課の小林です」

ぴょこんと一礼され、太田も頭を下げ返した。

「本社の人事から、この時間に着くって連絡もらって。こんな雪だし、車もつかまりにくいと思ったんで」

自分の車でホテルまで送ってくれるという。訥々とした口調に、訛りがかすかに聞きとれた。

「悪いね。ありがとう」

太田は礼を言い、コートのポケットに手をつっこんだ。喫おうとしていたたばこを、箱に戻そうと思ったのだ。

「ああ、いいっす、いいっす」

小林が両手を激しく振った。

「別に急がないんで。どうぞ、ゆっくり喫って下さい」

「え、でも」

「いやほんとに、全然急がないんで。どうぞ、どうぞ」

待たせるのも悪いし、とさらに続けようとしたところで、彼もダウンジャケットのポケットに片手を差し入れていることに太田は気づいた。

「じゃあ、一服しようか」

小林がにかりと笑った。健康的な白い歯がのぞいた。

太田はたばこをくわえ直し、火をつけた。小林のほうも自分のたばこを口にくわえ、なおもごそごそとポケットを探っている。

「火、あるよ」

太田はライターをかざしてみせた。

「すんません」

恐縮している年若い新たな部下のたばこに、火をつけてやる。

ひさしの下にふたり並んで、ゆっくりと喫った。細い煙がふた筋、ロータリーのほうへ流れていく。

「ああ、うめえ」

腹の底からしぼり出したような声で、小林が言った。

「うまいね」

太田は煙と一緒に、冷たく澄んだ空気を深々と吸いこんだ。

「工場は、たばこ喫うひとって多いの？」

「どうだろ、半分くらいですかね」

「今、全部で何人くらいいるんだっけ？」

「ええと、社員はたぶん百人ちょいです」

百人か。営業部にいたときの部下よりも、多い。その半分が喫煙者であれば五十人、これはもう段違いに多い。

そういえば、ここの造船所はどんな雰囲気なのだろう。三十年前の研修で見学した記憶は、おぼろげにかすんでしまっている。細部まで見て回ったわけでもなかった。だが所長ともなれば、隅々まで把握しておかなければならない。社員百人の顔と名前も、なるべく早く一致させたい。

とりとめもなく考えながら、太田はたばこの吸い殻を灰皿に押しつけた。

「んじゃ、行きましょうか」

小林もたばこを灰皿でもみ消し、太田のキャリーバッグを軽々と抱えあげた。雪まみれの車に大股で歩み寄り、後部ドアをがばりと開ける。

「鍵、開いてます。乗ってて下さい」

冷えきった助手席のドアに手をかけて、太田はふと駅舎を見上げた。ひなびた終着駅の屋根に、真っ白な雪が静かに降り積もっている。

船に乗る

ぼう、とくぐもった音が聞こえた。

畳に敷いたふとんの上で、北里進はゆっくりとまぶたを開けた。ぼう、とまた同じ音が鳴る。寝返りを打ち、窓を見上げる。障子紙がふっくらと光を帯び、桟の格子模様がほのかに浮かびあがっている。

朝、汽笛の音で起きると、その日はいいことがある。この町では昔から、そうもっともらしく言われている。

進も子どもの頃はよく、目が覚めてもすぐには起き出さず、ふとんにくるまってじっと耳をすましていたものだ。そのうちにまたとろとろと眠気に襲われ、結局は寝坊してしまって、母にたたき起こされることもあった。成長し、そんな言い伝えを信じこめる年齢を過ぎても、寝ぼけまなこで耳をそばだてる癖は抜けなかった。

その習慣がとだえたのは、故郷を離れてからだった。入社後に数年間住んでいた独身寮は海のそばだったので、風に乗って汽笛の音が届く機会もあったはずだが、毎朝のんびりしている余裕がなかった。出勤時刻ぎりぎりに合わせた目覚まし時計のアラームで無理やり目をこじ開け、ただちに飛び起きて身支度をはじめなければまにあわなかった。休日は毎週、昼近くまでひたすら寝ていた。

いくらでも眠れたあの頃がなつかしい。五十代も半ばを過ぎた今、進はなにか気がかりがあると決まって寝つきが悪くなる。

ふとんの中で、足の裏をこすりあわせる。指先が冷えきっている。睡眠不足のせいか、頭も体もまだだるい。でも、このままぐずぐず寝床にとどまっていたところで眠れそうもない。

ぼう、と三度目の汽笛が響いた。

いいことがある、といっても、なんの根拠もない。漠然とした言い回し自体、なんというか信憑性に欠けている。進は本来、そうした迷信や言い伝えの類を信じるほうではない。仕事においても私生活においても、客観的な事実や数値の裏づけを重んじてきたつもりだ。

それでも、寝苦しい夜を乗り越えて迎えた朝に汽笛を耳にすると、進の気持ちは少しだけほぐれる。

勢いをつけて、上体を起こす。襖を開けて廊下に出たら、味噌汁のにおいが鼻をくすぐった。

硬めに炊きあげた白米に、豆腐とねぎとわかめの入った味噌汁に、香ばしいこげめのついた焼き魚、という北里家の朝食は、進が物心ついたときから変わらない。

進が家を離れていた三十年の間も、母は毎朝この献立をこしらえて、ひとりで食べていたのだろう。魚は日によって替わり、めざしのときもあれば、塩鯖のときもある。今日は鮭だ。

「おはよう」

白い割烹着姿の母が、厨房から出てきた。両手に湯呑をひとつずつ持っている。

「おはよう」

進も応え、椅子をひく。朝食は、店のカウンターの端にふたり並んでとる。これも、進が子どもの頃から同じだった。

二階に居住スペースを備えた小さな食堂は、かつては進の祖父母が切り盛りしていたそうだ。

彼らのひとり娘、つまり進の母がふくらんだおなかを抱えてここへ戻ってきたとき、すでに祖父は他界していた。母はちょうど二十歳だった。進が生まれて一年も経たないうちに、祖母も亡くなった。他の親戚とも行き来はなく、進は母以外に血のつながった身内を知らない。

　母は食堂を引き継ぎ、進を育てた。カウンターが六席と四人がけのテーブルがふたつきりの、ささやかな店である。昼は十二時から二時まで、メニュウは日替わりの定食のみで、夜は五時から九時まで、ちょっとした家庭料理と酒も出している。客のほとんどが顔見知りの常連だ。

　進はリモコンを取りあげ、壁際の棚に据えてあるテレビをつけた。母も隣の椅子に座る。

「いただきます」

　ふたりで手を合わせた後は、テレビを見上げながら黙々と食べる。朝の情報番組では、道内のローカルニュースが流れている。ふうん、とか、へえ、とか、母は時折テレビに向かって相槌を打っている。

　店の営業中、母は終始にこやかで愛想がいい。ほろ酔いの客の、要領を得ない長話にも相槌を欠かさず、くだらない冗談でもからからと陽気に笑ってみせる。一方で、進とふたりきりのときは、ぼんやりと上の空だったり、むすっと黙りこくっていたり、喋るにしても、ひとりごとのようにぶつぶつとつぶやいていることも多い。仕事場と家庭でまったく同じ顔をしている人間などいないと今は進にもわかっているが、幼い頃はなんとなく不満だった。

「あら、雪」

母の声が少し大きくなった。鮭の身をほぐしていた進も、テレビに目を戻した。

画面いっぱいに映し出された北海道の地図には、そこらじゅうに雪だるまが立っていた。

今日から明日にかけて大雪になる可能性もあります、十分に注意して下さい、とアナウンサーがしかつめらしい顔つきで呼びかけている。

「もう?」

知らず知らず、進は声をもらしていた。

「そろそろ十月も終わるもの。雪が積もる年だってあるよ」

母が当然のように答えた。

似たようなやりとりを、去年もかわした覚えがある。たぶん、おとしも。十月といえば、東京では秋まっさかりだが、北海道だと冬なのである。

進がこの町に戻ってきてから、五度目の冬がはじまろうとしている。日々の生活には思いのほか早く慣れたのに、存外こういう季節感のずれが直らない。

食事を終えて身支度もすませ、出かけようとしたところで、呼びとめられた。

「これ、持ってきなさい」

母が差し出したのは、黒い雨傘だった。

「いいよ。すぐそこだし」

入口の引き戸を開けると、二車線の道路を挟んで真正面、文字どおり目と鼻の先に、造船所の門が見えている。門の傍らには守衛小屋が設けられ、その奥に大小の四角い平屋が並んでいる。小さいほうが進のふだん働いている事務所で、大きいほうが工場の建物だ。

「門からもちょっと歩くでしょ？　あ、ちゃんと横断歩道を渡りなさいよ、特に夜は。視界が悪いんだから」

横断歩道は数十メートル先までない。進はたいてい、車が来ないのを見はからって、駆け足で道路を横ぎることにしている。

昔から、そうしていた。母に見つかるたびに、危ないからやめなさい、とこっぴどくしかられた。五十代の息子相手に、母ももういちいち注意はしないものの、ときどき思い出したように釘を刺してくる。

「わかった」

生返事とともに、進は傘を受けとった。始業時刻が迫っている。一度こうと考えたら、母はなかなか譲らない。傘にしても、もっと大きな問題にしても。

おもてに出ると、空は雲ひとつなく晴れわたっていた。

午後から雪が降るとは信じられない。ただ、尋常でなく寒い。進はトレンチコートのボタンを上までとめ、店を振り向いた。母がのぞいていないのを確かめて、小走りで道を渡る。

門のすぐそばにある停留所に、路線バスが着いたところだった。十人ほどがぞろぞろと降りてきて、寒そうに身を縮め、急ぎ足で門へ向かう。自転車が数台、彼らを追い越していく。工場の裏手には駐車場が設けられていて、車で通勤してくる者もけっこういる。

「おはようございます」

進をみとめた何人かが、ばらばらと頭を下げた。おはよう、と返す。ここで働く百人あまりの従業員全員の顔と名前を、進は覚えている。

四年前、所長に就任して、まっさきに取り組んだことのひとつである。柄にもなく、肩に力が入りすぎてしまっていた気もして、今思い返すと少し面映(おもは)ゆい。都落ちでやる気を失っている、と新しい部下たちに思われたくなかったのだ。本社に未練を残している、とも。

進はこの会社が好きだ。できる限り、役に立ちたい。本社にいようが、北海道にいようが、その気持ちは変わらない。

「おはようございます」

ひときわ元気な声をかけてきたのは、新入社員の小林だった。派手なオレンジ色のダウンジャケットを着ている。

体こそ大きいが、にきび痕の残る顔だちは幼い。工業高校を卒業してすぐに入社してきたはずだから、まだ二十歳にもなっていない。進にとっては息子といってもいい年齢だ。業務上の接点はほとんどないのに、なぜか進のことを慕っているようで、ひとなつこく話しかけてくる。

「寒くないですか、そのかっこ？」

「寒い」

「所長はおしゃれですもんね」

「いや別に、そういうわけじゃ」

服装に特段のこだわりはない。このトレンチコートも、十年以上前に買ったものだ。本社にいた頃から通勤時に愛用していたので、そのまま着続けている。

「テレビでやってましたよ、東京の女子高生は真冬でもコート着ないって」

「真冬っていっても、こっちとは気温が違うからなあ」

門をくぐり、守衛小屋の横を通り過ぎる。受付のカウンターで背の高い男がひとり、こちらに背を向けて窓越しになにやら喋っている。来客だろうか。本社からの出張者かもしれない。作業服の上にダウンジャケットやジャンパーを着こんだ従業員たちにまじって、膝まである黒いコートが目をひく。

工場へ向かう小林と別れ、事務所の玄関に足を向けたとき、後ろから声がした。

「北里」

耳から頭へ、違和感が広がった。この造船所の中に、進の苗字を呼び捨てにする者は誰もいない。一番多いのが所長、次が北里さん、それから社長と呼ばれるときもたまにある。

「おうい、北里」

低い声には聞き覚えがあった。ここではめったに聞く機会のない声だ。進はやむなく足をとめて振り返った。

「ひさしぶりだな」

進に追いついた倉内が、にっと笑った。事務所で働く社員たちが、ふたりをちらちらと気にしながら建物に入っていく。

「どうした、急に」

進もなんとか微笑み返した。倉内が来るとは聞いていない。

「わかってるくせに」

倉内は思わせぶりに目を細めた。目尻が下がって愛嬌のある顔になるが、この男がこういう表情を見せるときこそゆだんならないと、長年つきあってきた進は知っている。

「直談判だよ」

と、倉内は言った。

本社に戻ってきてくれないかと打診されたのは、夏の終わりだった。神奈川に出張し、全社会議に出席した後で、社長室に呼び出された。

もちろん断った。

「今さら困ります。誰か他をあたって下さい」

進が言うと、社長は眉間(みけん)に深くしわを寄せた。

「お前しかいないんだよ」

四年前も、そう言われた。

でも、そんなことはありえない。会社というのは、誰かひとりが抜けてもなんとかなるようにできている。直後には多少の混乱もあるかもしれないけれど、欠けた歯車のかわりはちゃんと見つかる。現に、進が本社を離れてからも、会社はとどこおりなく回っている。

「いないってことはないでしょう。前だって……」

「あのときとは話が違う。おれの後任を、探してるんだよ」

社長はむっつりとさえぎった。

「すぐに決めろとは言わない。じっくり考えてくれ」

言い渡され、じっくりと考えた結果もやはり変わらなかった。変わるはずもない。

こちらに戻ってきてから、あらためて断りの電話を入れた。そうか、だめか、と社長は無念そうにうなった。その三十分後に、倉内から電話がかかってきた。

「考え直してくれよ」

あのときも開口一番に発したひとことを、倉内は所長室に入るなり口にした。

「声がでかいよ」

進は唇にひとさし指をあて、ドアがきちんと閉まっているのを確かめた。この建物の壁は、本社のそれよりもかなり薄いのだ。本社の人事部長がじきじきにやってきて、従業員たちも戸惑っているようだった。扉一枚を隔てた向こうの執務室で、それとなく聞き耳を立てているかもしれない。

この話はまだ、社長と二、三人の役員、そして倉内と進しか知らない。

それも四年前の状況と似ている、といえなくもない。あのときも、進の異動にまつわる内幕は、ごく限られた関係者しか知らなかった。倉内によると、権力争いだの左遷だの、無責任なうわさがしばらく飛びかっていたらしい。

「ああ、すまん」

倉内は口もとに手をあて、応接セットのソファにどすんと腰を下ろした。進も向かいに座る。人事部の最高責任者として、常に泰然とかまえている倉内が、大きな声を上げるなんて珍しい。もしや社長や役員から圧力がかかっているのか、慣れない場所で単に調子が狂っているのか、それとも相手が進だからだろうか。

同期として入社して以来、倉内とは公私ともに親しくしてきた。互いに結婚してからは、家族ぐるみの交流がはじまった。妻どうしも仲がよく、家に招いたり招かれたり、倉内の娘たちの誕生日祝いをしたこともある。子どもが好きな進の妻は、彼女たちをわが子のようにかわいがっていた。進が離婚した後は、向こうの家族とはめっきり疎遠になってしまったものの、倉内本人とのつきあいは変わらず続いている。めいめい部下を抱え、会社ではそれらしくふるまっていても、ふたりきりになるとつい素が出る。

考え直せと進をなだめたりすかしたりしながらも、最終的には希望を受け入れ、異動の便宜をはかってくれたのも倉内である。

そうとう苦労をかけてしまったのは、進も自覚している。社長をはじめ、事情を知る上層部の人間には、役員たるもの親より会社を優先するのが筋ではないかと渋られた。なにも知らない部下たちは、人事はなに考えてるんですかね、としきりに残念がった。

「お母さんも、もうすっかり元気なんだろ？」

なぜそれを、と考えたのは見透かされたらしく、倉内は進をちらりと見やって言い足した。

「守衛さんに聞いたよ」

進はため息をついた。彼も、母の営む食堂の常連客のひとりだ。

五年前の冬に母が倒れたとき、救急車を呼んでくれたのも彼だった。夕方、店ののれんを出した母がやおら地面にうずくまったのが、守衛小屋から見えたのだという。気を利かせ、総務部を通して本社に一報を入れてくれたおかげで、進にもすぐに連絡がきた。とるものもとりあえず飛行機に乗り、病院に駆けつけた。

「どうして来たの？」

というのが、病室のベッドで進を迎えた母の第一声だった。

「仕事、忙しいんでしょう？」

とがめるように言う。顔色がやや白っぽいのを除けば、表情も声の張りもふだんと変わらず、進はひそかに胸をなでおろした。倒れて救急車で運ばれたとしか聞かなかったので、意識不明の重体も覚悟していたのだ。

「このくらい休めるよ」

あえて軽い調子で、答えた。

「悪かったねえ、遠くからわざわざ」

母も言いすぎたと思い直したのか、ばつが悪そうに眉を下げた。

「なんだかおおげさなことになっちゃって、皆さんにも申し訳なかったよ。いつもの貧血だと思うんだけど」

ところが精密検査の結果、心臓に異状が見つかった。心臓と血管の境目にある弁が狭まってしまって、血液が流れにくくなっているという。

「これまでにも、胸が苦しくなることがありませんでしたか？」

医師に聞かれ、母は小さくうなずいた。

「いつ頃からですか？」

「おととしくらい、ですかねえ」

「そんなに前から？」

進は思わず口を挟んだ。帰省して顔を合わせるたびに、体調はどうかと進からもたずねていた。母は毎回、なにも問題ないと答えていた。

「たまに。すごくたまに」

言い訳がましく母はつけ加えた。

「だけど、じっとしてればすぐにおさまるんですよ」

「確かに、今この瞬間にどうこうということではありません」

医師は進と母を交互に見た。

「ただ、万が一なにかの拍子に弁が完全に詰まってしまったら、命にかかわります。なるべく早く手術したほうが安心です」

「わかりました。一刻も早くお願いします」

進は心底ぞっとした。

「手術さえ成功すれば、再発の心配もまずありません。今よりずっと楽になるはずですよ」

医師は励ますように言った。当の母は、事の重大さがのみこめていないのか、はあ、と気のない相槌を打っていた。

そのまま入院し、翌週には手術を受けた。術後の経過は順調で、今後はずっとついている必要もないと医師に言われ、会社に復帰するようにと母からもせっつかれて、進はいったん北海道を後にした。

それから退院までのひと月ほど、平日はいつもどおりに仕事をこなし、週末ごとに母を見舞った。

もったいないじゃないの、と気乗りしない様子の母を押し切って、個室を手配したのは正解だった。病室は連日にぎわっていた。隣近所の人々も、店の常連客も、こぞって見舞いにやってきた。母は店でいつもそうしているように、ほがらかに皆を出迎えた。パジャマ姿ながら、明るく談笑している姿は、胸を切り開かれたばかりの病人には見えなかった。退院後、折を見て母を神奈川に呼び寄せようかとも思案していた進は、考えをあらためざるをえなかった。七十代の母を、友人知人や住み慣れた土地から今さら引き離すわけにいかない。

あれから五年、母はもうじき喜寿を迎える。

心臓は、無事に治った。再発の可能性は低いと医師からも説明されたとおり、今も不具合はないようだ。前よりずっと体調がよくなった、と当人も言っている。しかし年齢からして、今度は他のどこかが悪くならないとも限らない。

「元気っていっても、年齢が年齢だからな」

進は倉内の表情をうかがいつつ、慎重に言う。

「そりゃそうだけど、それを言うなら、うちの親だって同じだよ。腰が痛いとか目がかすむとか、年がら年中文句ばっかりだ」

そのほうがいい。心の中で、進は嘆息した。文句でもなんでも、包み隠さず打ち明けてくれたほうがはるかにいい。

進の母も、文句を言わないわけではない。どうでもいいような細かいことは、ぺらぺらとよく喋るくせに、肝心のところで口を閉ざすのだ。そうして挙句の果てに、前のようなことが起きた。おおごとになった、と母らしくもなく恐縮していたが、あの機会に病院できちんと検査を受けなければ、取り返しのつかないことになっていたかもしれない。

「まあお母さんにしても、せっかくかわいい息子が帰ってきてくれたのに、離れたくないか」

場の空気をほぐすつもりか、茶化すような倉内の口ぶりに、進はかえって気をひきしめる。

新入社員のときから、倉内は口が達者だった。理詰めの議論なら進も苦手ではないけれど、倉内の場合は、相手を論破しようと意気ごむでもなく、ごく自然に会話を進めていく。とぼけた表情とのんきな口調に惑わされ、いつのまにやら話がついてしまっていることが多い。人事部長という立場柄、社員の説得や交渉にあたらなければならない局面が多いのも、話術に磨きがかかっている一因かもしれない。

「うちの母は、そんなことは言わないけど」

進の異動に対する本社の反対や抵抗をおさめるべく、骨を折ってくれた倉内には言えないが、実は母本人も難色を示していたのだ。母のために地元へ戻るわけではなく、あくまで会社の意思決定に従うのだと説明して、やっと納得させることができた。

会社に迷惑をかけ、母にうそをついてまで通した決断が、間違っていたとは思わない。異動してきた当初は、自ら希望しておいて筋違いだと承知しながらも、本社に残してきた仕事や部下たちのことが気になってしかたなかった。後任のもとで組織が回りはじめたと聞けば、安堵とともにさびしさも感じた。でも今は、ここでできることをやろう、とただ思う。

出世欲もそこまで強くない。意外だな、と倉内などには冗談めかして驚かれるし、もちろん認められてうれしくないわけでもない。けれど進自身よりも、むしろ母や、あるいは別れた妻のほうが、昇進を喜んでくれていた。

子どもの頃から、進がなにかで活躍するたびに、ありがとう、と母はいつになくきまじめな顔で礼を言った。運動会のかけっこで一等賞をとったときも、学校のテストで満点をとったときも、部活でレギュラー選手に選ばれたときも。道内最難関の大学に合格したときも、それから、第一志望だった北斗造船の内定をもらったときも。

ありがとう。たくさん言葉を並べてほめちぎられるよりも、そのひとことが進にはうれしかった。もっと先へ、もっと上へ進みたい、とやる気がわいてきた。

「いやいや、わかるよ。たったひとりの家族だもんな」

芝居がかった調子で、倉内が言う。

「でも、だからこそ、お母さんも喜ぶんじゃないか？」

進はため息をのみこんだ。だからこそ、打ち明けるわけにはいかないのだ。この話を母が知ったら、本社に戻れと言うに決まっている。

社長からも倉内からも、感情的になるなと再三言われた。でも進は、客観的な事実に基づいて、公平に判断したつもりだ。

進が社長にならなくても、他の誰かがなる。でも、母の家族は他にいない。

午前中いっぱい、実りのない押し問答を続けた。昼は、お母さんの店で食おう、と倉内が言い張るのを却下して、近所の寿司屋に連れていった。

午後は来客と会議の予定が詰まっていた。進は倉内を所長室に残し、通常どおりに仕事を進めた。夕方、自室に戻ったときには、彼の姿はすでになかった。席をはずしているだけかとも思ったが、かばんもコートもなくなっている。

拍子抜けしたような、ほっとしたような気分で、進は執務室をのぞいた。

「倉内は？」

ドアから一番近いデスクでパソコンに向かっている秘書に、声をかける。

「先ほど帰られました」

「なにか言ってた？」

「いいえ」

彼女は首を振ってから、思い出したようにつけ足した。

「お天気を気になさってました。飛行機がどうなるかと」

「そうか、今晩は雪だもんな」

昼の時点では、空港の近くに一泊して明朝早くの便で帰るつもりだと話していた。天候を考慮して予定を繰り上げたのかもしれない。なんでも、明日の午前中に、絶対にはずせない面接が入っているらしい。そんなに忙しいのに無理して来たのかとあきれていたら、こっちが最優先事項だからな、と言い返された。

「予報もころころ変わってますけどね。最新のだと、ピークは明日ってことになってます」

進は所長室に引き返し、窓辺に近寄っておもてを眺めた。雪は降っていないものの、海も空も寒々しい灰色に塗りつぶされている。見ているだけでも体がしんしんと冷えてくるようで、上着の前をかきあわせてデスクに戻る。

今晩はなにか、あたたかいものが食べたい。鍋か、おでんか、グラタンなんかもいいかもしれない。

どれも店で出している料理だ。客からの注文の合間に、母は手早く息子の夕食もこしらえてくれる。進はそれを受けとって二階の茶の間に上がり、ひとりで食べる。子どもの頃には、階下のにぎわいが聞こえてくるたびに、仲間はずれにされているようでさびしくなったけれど、今はさすがにそんなこともない。

どちらかといえば、母は働いているのに自分だけがゆったり食事をして、申し訳ない気がする。せめて忙しいときだけでも手伝おうかと持ちかけたところ、言下に断られた。

「進は進で仕事があるんだし、家では休みなさい。今までひとりでやってたんだから大丈夫。それに、社員さんたちだってびっくりするでしょう」

この立地なので、造船所で働く従業員も、店にはよくやってくるのだった。母の言うとおり、せっかく仕事帰りの息抜きがてら寄ったのに、所長手ずからビールと枝豆を運んでこられてはくつろげないだろう。

「まあ、そうかもな」

進はひきさがった。少々心配にもなった。上司の母親がやっている店を、部下たちは敬遠するのではないか。

幸い、それは杞憂だった。進のせいで客足が減るようなことはなかった。店で知ってい
る顔と会っても、敬遠されるどころか、気さくに声をかけられる。自分の夕食を持って二
階へ上がろうとしているところをひきとめられ、カウンターに座らされることもあった。
それぞれ飲み食いしつつ、仕事の話がはじまるときもあれば、ありふれた世間話に終始す
るときもある。

はじめは戸惑っていた進も、じきに慣れた。北斗造船というのは、もともとこういう会
社だったのだろう。従業員みんなが顔見知りの、こぢんまりとした町工場だったのだ。よ
くも悪くも、人間関係が濃い。お互いの距離が近い。

神奈川の本社でも、社員どうしのつながりがないわけではない。大勢で力を合わせてひ
とつの船を造るという仕事柄、他の業界と比べれば、結束が強いとも言われる。でも、こ
こまで親密な感じではない。組織の規模が大きくなるにつれて、ある程度はしかたのない
ことだと思う反面、ここでは部下全員に目を配れるのが進にはうれしい。

人間関係が濃く、お互いの距離が近い、それは職場のみならず町全体にもあてはまる。
わずらわしく感じることがまったくないわけではないが、進はわりと抵抗なくなじめた。
永らく離れていたとはいえ、この町で生まれ育ち、そういう感覚は身にしみついている。

しかし今日は、あまり誰かと話したい気分ではなかった。

休みたい。

　倉内に急襲されて、すっかりくたびれてしまった。ひとり静かに食事をすませて、早く

　倉内の相手で後回しになっていた事務仕事を片づけて、六時頃に門を出た。車道の向こうに見える店の、入口にはのれんがかかり、引き戸にはまったすりガラスから玉子色のあかりがこぼれている。

　道をつっきり、がらがらと戸を開けて、進は目を疑った。

「おう、おかえり」

　カウンター席に、倉内がでんと座っていた。客は他にいない。

「お前、なんでこんなとこに……」

「なんでって、昼に連れてきてもらいそこねたから」

　倉内はしれっと答えた。奥で寸胴鍋(ずんどうなべ)をのぞきこんでいた母も、こちらを振り向いた。

「遅いじゃない。せっかく来て下さってるのに、なにやってたの」

　進の返事を待たず、倉内に向かって頭を下げる。

「すみませんでしたねえ、お待たせしちゃって」

「いえいえ。僕もちゃんと約束してたわけじゃなかったですし」

「でも、東京からはるばるいらしてるのに。この子はほんと、昔から気が利かなくて」

「いや、会社では全然そんなことないですよ」

「あらそうですか？　だけど小学生のときにもね、お友達のおうちで……」

「よけいな話はしなくていいよ」

進は割って入った。なぜ倉内が、こんなところに。はぐらかされた問いを胸の中で転がしつつ、コートを脱いで隣に腰かける。

「雪だし、早めに帰ったのかと思ったよ」

「それもちょっと考えたけど、最新の予報だと、本格的に降るのは明日の昼頃からみたいだから。せっかくだし、ひさびさにゆっくり飲もう」

ほんのりと頬を紅潮させている倉内の手もとを、進はさりげなく確認した。ビールのジョッキは空きかけている。深めの鉢におでんの大根とちくわがひと口ずつ、四角い平皿にだし巻き玉子がひときれ、それぞれ残っている。

食べはじめてから、それなりに時間が経っているようだ。開店直後に入ったのかもしれない。だとすると、ふたりきりの店内で一時間近くも、いったいどんな会話をかわしていたのだろう。

「たいくつだったんじゃないか、ひとりで」

探りを入れてみる。

「いや全然。テレビもあるし」

「もっとなにか召しあがります？」

倉内にたずねた母の顔も、進はこっそりとうかがった。特に変わったところはない。

「ありがとうございます。北里はどうする？　なにがおすすめ？　いくつか注文して分けよう」

「なんでもいいよ」

「なんだよ、相変わらず愛想がないな。一緒に飲むの、ひさしぶりなのに」

肩をすくめ、カウンターの向こうに目を移す。

「親子でちっとも似てないよな」

「ありがとうございます」

母がわざとらしく眉を上げ、にっこり笑った。

大丈夫だろう。母と倉内を見比べて、進は内心で結論づけた。倉内は口が堅い。おそらく社内の誰よりも堅い。人事部長が秘密を守れなければ、話にならない。本社の社長になれと進を説得しているなどと、まさか母に喋りはしないはずだ。

「お鍋なんかどうですか？　あったまりますよ」

「お、いいですねえ」

倉内がうれしそうに両手をこすりあわせた。残っていたちくわと大根をぽいぽいと口に放りこみ、空いた鉢をカウンター越しに差し出す。

「あと、おでんの追加もいただけますか」

「なににしましょう？」

「ええと、じゃあ、厚揚げとはんぺんを」

「わかりました」

母がおでんの鍋をのぞき、倉内のおかわりをよそった。おれも、と進も声をかける。

「はいはい」

なににするかと今度はたずねることもなく、母は新しい鉢に大根とこんにゃくとじゃがいもを入れた。進はいつも、まず野菜、次に練りもの、しめに卵という順でおでんを食べる。

「お鍋はちょっとお待ち下さいね」

まな板でねぎを刻みはじめた母の背中を眺めるともなく眺め、進は適切な話題を探す。なにか、あたりさわりのない世間話がいい。あれこれ気を遣わず、明るい気分で盛りあがれるような。

「あのクルーズ船、どうなってる？」

進が切り出すと、目を細めてはんぺんをかじっていた倉内は箸を置いた。

「まずまずらしいよ」

「そうか」

「うちとしてははじめての、規模の大きなクルーズ船なんですよ。社内でもけっこう話題で」

カウンターの内側に向かって、倉内は律儀に解説する。

「クルーズ船っていえば」

母がなつかしそうに応えた。

「昔、そこの港に、世界一周の豪華客船が来たことがあるんですよ」

「へえ。こっちのほうを回るなんて、珍しいな。どういうルートですかね」

「正規の寄港地ってわけじゃないよ。たまたま近くで故障して、修理のために停泊したらしい」

進は補足した。

「北里も見たんだ？」

「いや。おれがまだ生まれる前の話」

故障した豪華客船の話を、進は小さい頃から母に何度となく聞かされた。店の客にも、当時の思い出を語る者はちらほらいたから、この田舎町では歴史に残る大事件だったようだ。

「ああいう船でも故障とかするんだな。お客さん乗せてるわけだし、いろいろ大変だっただろうね」

倉内が気の毒そうに言う。

「そうだな」

進も今は、そう思う。乗客も乗組員も、それから修理にあたった北斗造船の工員たちも、さぞ大変だっただろう。

ただし、この話をはじめて聞いたとき、幼かった進にはそこまで考えが及ばなかった。

「まるでお祭りみたいだった」

母は感慨深げに言っていた。

見たこともないような立派な船からは、いかにも裕福そうな、外国人の乗客たちが続々と降りてきた。ひなびた港が突如、見慣れない色の髪や瞳を持つ異邦人であふれ、町民たちは面食らった。足どめを食らった乗客の中には、もの珍しそうにあたりを散策する者もいた。この店にも幾人かがやってきた。注文をとろうにも言葉はまったく通じず、互いに身ぶり手ぶりでどうにか意思疎通をはかろうと試みているうちに、母はだんだん楽しくなってきたそうだ。

「世界は広いんだなあ、って思ったわ」

と、しみじみと言っていたこともある。

「このひとたちはあちこち回って、いろんな国を見てきたんだなって」

「大きくなったら、僕も船に乗る」

わくわくして宣言した進の頭を、母は優しくなでてくれた。

「進なら、きっと乗れるよ。いろんなものを見てきて、お母さんにも話を聞かせてね」

母がどんな気持ちで話しているのか、慮（おもんぱか）るだけの分別は、あのときの進にはまだなかった。古い思い出話に、無邪気に聞きほれていた。

異国の旅人たちとのふれあいを楽しんだというのは、もちろんうそではないだろう。でも、単純に楽しいだけだっただろうか。女手ひとつでわが子を育てていこうと腹を括ったばかりの、まだ二十歳そこそこだった母の目に、豪勢な船旅を満喫する人々の姿はどう映ったのか。自分には一生縁のなさそうな、優雅な境遇を垣間（かいま）見て、思うところはあったんじゃないか。あこがれか、羨望か、それとも。

初対面の倉内に、むろん母はそんな話はしなかった。

「本当に、大変だったでしょうねえ」

小刻みにうなずき、調子を合わせている。

「修理っていっても、あんな大きな船、それまで誰も見たことがなかったでしょうし」

「しかもクルーズ船は、つくりがやっぱり特殊みたいですからね」

倉内が言い、進に向き直った。

「今、開発のほうはてんやわんやらしい。なにせ前例がないからな」

「ふうん」

自分から話を振ってはみたものの、進にとって本社の近況はもはや、それこそ異国の話のように聞こえる。興味がないわけではないけれども、しごく遠い。

「あのサイズのクルーズ船、南洋造船も造ってるよな？　転職組で、経験あるやつっていないのかな」

ふと思いついて、言ってみた。

「確かに。帰ったらちょっと確認してみる」

おれからも聞いてみようか、と言いかけてやめる。元役員があまりでしゃばっては、本社で指揮をとっている責任者が気の毒だ。

遠いと感じながらも、本社の話を聞けば、こうしたらどうか、そうしないほうがいいのに、と条件反射のように考えてしまう。ここであれこれ思案をめぐらせたり気をもんだりしても、どうしようもないのに。

「できましたよ」

進は腰を上げ、カウンター越しに差し出されたカセットコンロを両手で受けとった。

母が厨房から出て、さかんに湯気を上げている土鍋を運んでくる。ふたをとると、濃厚なだしのにおいがふわりと広がった。

ホテルへ帰る倉内を、進は店の前まで出て見送った。

「なんか、意外だった」

電話で呼んだタクシーを待ちながら、倉内がつぶやいた。入口のすりガラス越しに、店内のあかりと話し声がもれてくる。いつになく空いていた店にも、七時を回った頃からぽつぽつと客が入り出した。

「なにが？」

「もっとこう、仲よし親子なのかと思ってたよ。話に聞いてたイメージとちょっと違った」

「話なんかしたか？」

問い返したそばから、そうではないと進は思いあたった。母の話を倉内にしたのは、進ではない。

別れた妻は、倉内の妻と仲がよかった。今でもつきあいは続いているようだ。姑にまつわる愚痴をもらし、それが彼女を通して夫にも伝わってしまっていたとしても、おかしくはない。

倉内の言うとおり、母と進はいわゆる「仲よし親子」ではない。離れて住んでいた頃も、帰省は盆か暮れにせいぜい一泊程度だった。こまめに連絡をとりあいもしない。顔を合わせても、特に会話がはずむわけでもない。

それなのに、夫婦で北海道を訪ねた帰り道には、妻は必ず機嫌が悪かった。

「やっぱり、母ひとり子ひとりって違うのね。あうんの呼吸っていうか、以心伝心っていうか。わたしひとりがよそ者で、気を遣っちゃう」

進にしてみれば、月に何度も自分の実家に顔を出している妻のほうが、よほど親との関係が濃く感じられたが、あえて反論はしなかった。言い争いになるのが目に見えていたからだ。

「わたしも男の子がほしいなあ」

それでもふたりの仲がうまくいっていた頃は、妻は冗談半分に続けたものだった。

「絶対的な味方がほしい。お義母さんにとっての、あなたみたいな」

「おおげさだな」

進はふきだした。進は母の絶対的な味方などではない。ただの、息子だ。

妻の望みは、かなわなかった。息子も、娘も、得られなかった。別れることになってしまった最大の原因はそれだ。勝気な妻は、離婚の話しあいでも一切涙を見せず、みごとなまでに落ち着いていた。

その彼女が、かつて一度だけ取り乱したことがある。確か三十代の終わり頃だった。どうしてわたしは母親になれないの、と泣いた。ずるいよ。不公平だよ。ほしくもないのにできちゃって、しぶしぶ産む親だっているのに。傷ついている妻を慰めなければと思いつつも、進の口からはどうしても言葉が出てこなかった。

ずいぶん長い間、妻とは連絡をとっていない。

最後に話したのは、北海道に引っ越す直前だった。荷造りの途中で、クローゼットの奥から妻の持ちものがいくつか出てきて、念のため電話したのだ。

「まだ残ってたんだ？　悪いけど、処分してもらえる？」

妻は事務的に答えた。

予想していたとおりの反応だった。進と母が以心伝心だと妻はいやがっていたけれど、彼女の心だって、進にはちゃんと伝わってくるのだ。

そのことをきちんと話せばよかったのかもしれない、と今は思う。話さなくても、せめて、すすり泣いていた妻を抱きしめるべきだった。彼女はしぶしぶ産む親をただうらやんでいるだけで、母や進を否定するつもりはないとわかっていたのだから。

「そうか。わかった」

どうしてる、とたずねたかったが、それは喜ばれないだろうことも知っていた。進が電話を切ろうとすると、受話器の向こうで息を吸う音が聞こえた。

「お義母さんのためなの？」

進は黙っていた。質問というより、確認に聞こえた。

「わたしたち、別れててよかったね」

妻の声にはじめて感情がこもった。

「わたしがいたら、絶対に反対した。どうせあなたの結論は変わらなかっただろうけど」

一方的に言い残し、電話はぷつんと切れてしまった。後から考えれば、異動の話も、倉内の妻からすでに伝わっていたのかもしれない。

真っ暗な道の向こうから、タクシーのヘッドライトが近づいてくる。

「いいお母さんだよな。お前が本社に戻ってきたがらないのも、なんとなくわかったよ」

考え考え、倉内は言う。白い息がぽかりと闇に浮かぶ。

「そうか」

「おい、そんなほっとした顔するなよ。おれはまだあきらめてないんだから」

倉内が口をとがらせた。

「確かにお母さんにとって、北里進はたったひとりの息子だよ。でもな、うちの会社にとっても、北里社長はたったひとりしかいない」

いつになく真剣な表情で進の顔をのぞきこんでから、するりとタクシーに乗りこんだ。


翌日は、昼過ぎから雪が降りはじめた。

大雪になるおそれがある日は、総務部が従業員に早めの帰宅をうながす。進も急ぎの仕事をすませ、定時に会社を出た。

外はすでに荒れ模様だった。降りしきる雪が視界をさえぎり、陰気な灰色の世界に建物や車の影が浮かびあがっている。強い風に傘をさらわれそうになって、しっかりと柄を握りしめ、門をくぐった。

道路をゆきかう車のライトも、ぼやぼやとかすんでいる。さすがに今日は、面倒でも横断歩道まで回ったほうがいいかもしれない。思案しながら、進は道路の向こうに目をやった。店の影がおぼろげに見える。

　ぎょっとして、目をこらした。店のあかりがついていない。

　進は反射的に駆け出していた。クラクションの音が鳴り響くのもかまわず、道路を渡りきり、入口の引き戸に手をかける。開かない。もう一度、力をこめる。やっぱり開かない。鍵がかかっている。

　どこかへ出かけるとも、店を休むとも、母からはひとことも聞いていない。臨時休業のときには、その旨を記した断り書きを入口に貼っておくのだが、それもない。まさか、寝こんでいるとか？　それとも倒れているとか？

　暗い想像に、血の気がひいた。引き戸をたたいてみる。反応はない。すりガラスに顔を寄せ、耳をすます。なんの音も聞こえてこない。

　冷静になれ、と自分に言い聞かせる。そうだ、電話してみようか。でも母は携帯電話を持っていない。店の固定電話にかけるくらいなら、中に入って声をかけたほうが早い。とりあえず店内の様子を確かめるのが先決だ。

　再び引き戸に手をかけて、進は舌打ちをした。鍵が閉まっているのを忘れていた。

　鍵はどこだろう。一応は持っているはずだが、どこに入れたのだったか。めったに使う機会がないから思い出せない。かばんの外ポケットを探る。ない。かばんを開け、中をのぞきこんでみる。暗すぎてよく見えない。

どうしよう？　心臓の鼓動が、どんどん速まる。どうしたらいい？

「進？」

後ろから声がかかり、進は飛びあがった。

「いやだ、鍵持ってなかったの？」

母だった。膝まで隠れる丈のダウンジャケットを着て、頭からフードをすっぽりかぶっている。唖然（あぜん）として立ちつくしている進の横をさっさとすり抜け、鍵を回した。

「寒かったでしょ。早く入って、入って」

勢いよく戸を開けて、進をうながす。背を押され、中へ足を踏み入れて、進はようやく口を開いた。

「どこ行ってたの？」

「病院」

母は短く答えた。進に背を向けてジャケットを脱ぎ、雪をはらっている。

「もっと早く戻ってこられると思ったんだけど、けっこう混んでて待たされちゃって」

ごめんね、と謝るのをさえぎって、進はたずねた。

「具合、悪いの？」

「ちょっとめまいがしただけ。念のために診てもらったけど、ただの貧血だって」

「本当に？」

「進にうそついてどうするの」

母は苦笑している。

「笑いごとじゃないよ。そういうときは、まずおれに電話して。すぐそこにいるんだから」

「だって、仕事中でしょう」

「緊急事態なんだから、しかたないよ。もし出られなくても、後から折り返せばいいんだし」

「緊急事態なんて、そんなおおげさな」

進はため息をついた。

「前だって、たいしたことないって言って、そうじゃなかったじゃないか」

「でも心臓は治ったもの。もう心配はないって、先生も。それでもこうして気をつけて、ちゃんと病院にも行ってきたんじゃないの」

「病院には行ってほしいよ。なんでおれにひとこと言ってくれないのかって話」

いらいらしてきて、進はぶっきらぼうに言った。母はもっと早く帰ってくるつもりだったという。もしもそのとおりになっていたら、病院に行ったこと自体、知らん顔で黙っていたに違いない。

「いざってときに知らせてくれなきゃ、なんのためにそばにいるのかわかんないじゃないか」

「なんのためって……」

今度は母がため息をついた。

「前にも言ったけど、お母さんのことは気にしないでいいんだよ。無理してここにいてくれなくても、ひとりで大丈夫だから」

「そういうことを言ってるんじゃないって」

母は元来、なにかにつけて強がってみせがちではある。それでも、男手があると助かると喜んでくれるときもあるのに、どうも感じが悪い。

「進は考えすぎよ。今日だって、こうして大丈夫だったわけだしね」

「だから、そうじゃなくて」

進は唇をかむ。母は昔から、息子をたしなめるときに声を荒らげたりどなったりしない。妙に穏やかな口調で淡々と諭されると、うまく言い返せなくなる。

「ともかく、お母さんのことなんか気にしないで、進は好きにやってちょうだい」

「なんだよ、その言いかた」

ことさらに感謝してほしくてそばにいるわけじゃない。でも、お前なんかいてもいなくてもおんなじだと言わんばかりに突っぱねるなんて、あんまりだ。

「だって……」

不服そうな母の声は、途中でとぎれた。だしぬけに、部屋が真っ暗になったからだ。

北海道では、たまに雪のせいで停電になる。

近頃はひと冬に一度あるかないかという程度だが、昔はもっと頻繁だった。店は当然閉めなければならず、困る困ると母はぼやいていたけれど、幼い進はうきうきしたものだ。二階の茶の間でろうそくをともし、石油ストーヴで暖をとりながら過ごす夜は、なんだか特別な感じがした。揺らめく炎に照らし出された部屋は、いつもとは違う場所のようだった。暗くてテレビも見られないかわりに、ふたりで身を寄せあって話していれば、ちっともたいくつしなくてすんだ。

いろんな話をした。ふだんと変わらない、他愛のない日常のこともあれば、そうでないこともあった。件の故障したクルーズ船の話題が出たときも、何度かあった。世界は広いと母がしんみりと語ったのも、そういえば停電の夜ではなかったか。

一心に聞き入っている最中に、光のかげんか、見慣れた母がふと別人のように見えて、どきりとすることもあった。母の口調も、日頃のきびきびした早口とは少し違った。言葉を吟味するように、ゆっくりと喋る。母と祖父の確執も、十代で家を飛び出したいきさつも、それから父の話も、そうやって聞いた。どういうわけか、素直に聞けた。進のほうからも、進路や将来について話した。ふだんなら気恥ずかしくて口にしづらいような夢や本音も、気負わず打ち明けられた。

「さっきの話だけどね」

ほの暗い茶の間で、母からおもむろに切り出され、進は身がまえる。宙ぶらりんになってしまっていた口論を、蒸し返されるのかと思ったのだ。

予想に反し、母の声に険はなかった。

「お母さんの望みは、ひとつだけ」

進に向かってというより、自分に確かめるように言う。背後の壁に、長い影がくろぐろと伸びている。

「進がいるべき場所にいて、やるべき仕事をきちんとやること。それだけ」

「なんだよ、あらたまって」

進は軽く受け流そうとしたが、母はまじめな表情をくずさなかった。

「大事なことだもの。ちゃんとわかっておいてほしい」

「わかってるよ」

「ほんと？」

疑わしげに目をすがめ、進の顔をじろりとにらむ。強いまなざしだった。

はっとして、進は母を見つめ返した。いいお母さんだよな、とつぶやいた倉内の声が、耳の奥によみがえっていた。

「もしかして、倉内になんか言われた？」

母は答えない。

「言われたんでしょ」

進がたたみかけると、観念したように口を開いた。

「お母さんのほうから、倉内さんに聞いたんだよ」

「なんて？」

「進はもう本社に戻れないのかって」

進は絶句した。

「先月くらいから、様子がおかしいとは思ってたんだよ。まさか、こんな話をもらってるなんてね。あんたはもう、昔からそう。ひとりでぐずぐず考えこんで、傍で見てるほうはいらいらしちゃう。言いたいことがあるなら、はっきり言いなさい」

「ちょっと待ってよ」

なんとか気を取り直し、口を挟んだ。

「別におれ、社長になりたいってわけじゃ」

「なりたくないの？」

母が目を見開いた。進はまたもや言葉に詰まる。

「やってみたいんでしょう？　せっかくお声がかかったのに。大きな仕事がしたいって、会社に入ったばっかりの頃から言ってたじゃないの」

ひと息にまくしたてて、母は苦々しげに顔をしかめた。言葉を失っている進の目を、再びのぞきこんでくる。

「お母さん、さっきなんて言った？　進にはやるべき仕事をやってほしいって、もう忘れたの？　進にしかできないことでしょう。ちゃんとやりなさい」

北里社長はたったひとりしかいない。またしても頭の中に響いた倉内の声を無視して、進はかろうじて言葉を継ぐ。

「おれにしかできないってわけじゃないよ。社長になりたい人間はいくらでもいる。おれがならなくたって、誰かがなる」

母が口をへの字に曲げて、深く息を吐いた。ろうそくの炎が頼りなく揺れる。母の顔に刻まれた無数のしわに、複雑な陰翳（いんえい）がついている。

「ねえ進。クルーズ船の話、覚えてる？」

急に話が飛んで、進は面食らった。

「おとなになったら船に乗りたい、って進はいつも言ってたでしょう。あれはうれしかった。知らない世界に飛び出していける、強い子になってほしかったから」

さっきまでとは一変して、母は目もとをほころばせている。

「いろいろ見てきて、おもしろい話を聞かせてあげるって……覚えてる？」

進の肩から、ゆっくりと力が抜けていく。母の言わんとしていることは、なんとなくわかった。照れくさくなって、まぜ返す。

「おかげさまで、三十年も留守にしてたわけだけど」

「でもその間、不安にはならなかった。もしお母さんが困るようなことがあれば、進は飛んできてくれるって信じてたから」

だからね、と母は居ずまいを正した。進もつられて背筋を伸ばす。

「進もお母さんを信じてくれない？　十年も二十年も社長をやるわけじゃないでしょ？　その間くらいは元気でいられるって、信じてもらえない？」

先に視線をそらしたのは、進のほうだった。深呼吸して、口を開く。

「母ちゃん」

声がかすれたのを、咳ばらいでごまかす。

「どこか行こうか」

「どこか？」

母がいぶかしげに聞き返した。

「旅行。春までなら、ちょっと長めの休みもとれるかもしれない」

春がきたら、たぶん忙しくなる。十年も二十年も続くわけではないけれども、これから数年の間は。

母がふわりと微笑んだ。

「そうだ、クルーズ船に乗ろうか？」

「クルーズ船？」

「のんびりできそうだしさ。世界一周は無理だけど、少しはぜいたくしようよ」

われながら名案だと進は思ったのに、母はさっと表情を曇らせた。

「いいよそんな、ぜいたくなんて」

「遠慮しなくていいって。おれに任せてよ」

これまでろくに親孝行もできていなかった。この機会に、あこがれの船旅に連れていってやりたい。母は何十年も前から、クルーズ船についてあんなにも熱っぽく語っていた。今ようやく、その夢を実現できるのだ。

「いつもがんばって働いてるんだし、たまには休もう。ああいう船、一度は乗ってみたいだろ?」

母が困ったように首を振った。

「乗りたくないよ」

小声になって、言い添える。

「わたし、船酔いするもの。ずっと海の上なんて、とても無理」

あっけにとられて、進は母の顔をまじまじと見た。母もきょとんとして進を見つめ返してくる。

夜は、静かにふけていく。ろうそくの炎がゆらりと揺れた。窓の外で吹きすさぶ風の音にまじって、どこからか汽笛が聞こえてくる。

解説

杉江松恋（書評家）

人事を尽くして天命を待つ。

この場合の人事とは「人として為しうる事柄」の意味である。だが、他の「人」を信じ、自らの運命を託すことを職掌とする部門も、組織の中では人事と呼ばれる。

もし身の回りに人事として働いている方がいたら、ぜひ一度聞いてもらいたい。「人を動かして、仕事をすることをどう思う」と。

おそらく、次のような答えが返ってくるのではないか。

人を動かすのではなく、求められている場所に立ったとき、人は動いてくれるのです。

瀧羽麻子『乗りかかった船』は、その人事に関する物語だ。人と人が心を通わせ、助け合って一緒に働くのが仕事というものだが、そうした人間関係の網目に他にない観点から光を当てている。七つの物語が収められており、各話の語り手は異なる。おのおのにとって、自分の仕事がどういう意味を持っているのかということが、地位や立場の違う七人の視点から語られていく。そうした手法により、働くという行為の意味が浮き彫りにされるのだ。実に立体的な小説である。

　七人の語り手たちはみな北斗造船という同じ会社に属している。第一話「海に出る」（初出：「小説宝石」二〇一五年五月号。以下初出誌はすべて同じ。単行本は二〇一七年九月刊）では「今年でちょうど創業百周年」「当初は北海道の小さな工場でほそぼそと木造船を造っていたが、順調に事業を拡大し」「現時点で、社員の数は七百名を超えている」と紹介される。常に品質を重視し、改善を積み重ねることでそれを向上させてきた、昔ながらの気風が残る会社である。戦後の製造業はそうした企業によって支えられてきた。日本型企業の典型といっていいだろう。

　第一話の視点人物は、入社七年目に入った人事部の若手社員、野村雄平である。だが、物語から聞こえてくるのは「人事はなに考えてるんだよ」というつぶやきだ。その言葉を口にしたのは別の社員だったが、雄平の中にも同じ気持ちはある。雄平は大学院の機械工学専攻出身で、船造りにかかわれると思ってこの会社を志望したにもかかわらず、最初の配属先が営業だったのである。その職場にやっと慣れ、おもしろく感じられるようになってきたというのに、定期異動の先は人事部だった。

　人事はなに考えてるんだよ、そう言いたくなるのも無理はないというものだ。たまたま耳にした社員の言葉によって、作者は雄平の気持ちを代弁させているのである。自らの職場に不信の念を募らせていく雄平が人事部長の「神様は耐えられない試練を与えないとも言いますよ」という言葉を聞く場面で「海に出る」の物語は山場を迎える。

この人物設定の巧みさ。自分の属する組織や社会に全幅の信頼を寄せている者は少ないだろう。みな幾分かの不信や不満の念を抱きながら生きている。そうした気持ちを吐き出しても無理からぬ境遇の人物を語り手に据えることで、読者が物語に入りこみやすくなるように作者は配慮しているのである。

続く「舵(かじ)を切る」(二〇一五年十一月号)の佐藤由美は、中途採用組だ。以前の会社が経営不振になって失業したあと、思い立って職業訓練校に通って溶接技術を学び、その能力を活かして北斗造船に再就職したつもりなのに、なぜか人事部に配属されてしまった。本意ではない職場で働くことになった、という事情は野村雄平と同じだが、背景にある要素は重ならないように綺麗にずらしてある。

各話の重ね方もいい。由美はあることがきっかけで人事から別の部署に異動したのだが、元の同僚である桜木という女性社員が話のつなぎ目として登場する。桜木は美人だが、第一話の語り手である雄平には「なにか機嫌をそこねるような失態を犯してしまったかと気をも」ませるような仏頂面の、付き合いづらい同僚として見られている。しかしこの第二話では、元の同僚である由美の職場である建造部の食堂までランチを共にしに来るような気安さで、冗談を言ってけらけらと笑うようなところも見せるのだ。ここが、とてもいい。桜木が話の折り目になっていて、その両側で雄平と由美という二人の語り手が自然な形で対比されることになるのである。雄平の世慣れていない感じとか、桜木にからかわれてしまう由美の不器用なところとか。

この調子で連鎖していくので、一話を読み終えた途端、次が気になってページをめくりたくなってくる。連作短編としては理想的な形だ。「海に出る」「舵を切る」と続いて、あ、船に関する言葉が内容の暗喩にもなっているんだ、と気づくと、さらに楽しみは増える。ああ、いいなあ。書いていて、だんだん初読のときの胸の高鳴りが蘇ってきた。

次の「錨(いかり)を上げる」(二〇一六年二月号)の語り手・宮下一海は、建造部から社内公募制度で設計部に異動することを考えている。でも、なかなか踏ん切りをつけられないのだ。明るいが少し強引なところのある先輩に誘われると、せっかくの恋人との約束を取り消して付き合わないといけないような気持になるような、優柔不断な性格だから。第四話の「櫂(かい)を漕(こ)ぐ」(二〇一六年五月号)は、その一海が希望する技術畑の部門で課長職に昇格したばかりの川瀬修の話である。管理職研修で人事部に呼ばれた修は、「仕事のじゃまだ」とうんざりして見せる。折り返しの第四話だから、またここで人事部の悪口なのかもしれない。

修は、仕事は各人の努力が進めていくものという個人主義者で、部下のいる管理職という立場になったことに馴染めずにいる。仕事の全体が見えず、まだまだ若手の域を出ない雄平から始まって、見事なグラデーションを描きながら語り手が交替していることにここで気づかされる。会社の中でも高い視点を持つ者の方へ物語は向かっていく。裾野から頂点へ。やはり会社という組織の全体を作者は描くつもりなのだ。

修とは入社年度が同じで、現在は事業戦略室長という村井玲子を視点人物とする「波に挑む」（二〇一六年八月号）から「港に泊まる」（二〇一六年十一月号）、「船に乗る」（二〇一七年二月号）と続く後半三話は、会社という生命体が人によって維持され、受け継がれていく動態を描いたものとして読むことができる。あまり書きすぎると読者の興を削ぐので、詳しい内容については省略する。それぞれに姿勢を正されるような問題提起を孕んでいるが、特に女性がこの社会で働くときに直面しなければならない事態を描いた「波に挑む」は全七話の白眉ではないかと私は思う。

最初の「海に出る」から最後の「船に乗る」まで、かなり大きな標高差がある。だから、会社組織に勤めている方ならば、七人の語り手の誰かには必ず自分と同じものを見出すことになるはずだ。私は村井玲子がお気に入りのキャラクターなので、「波に挑む」という題の由来になっている「でも、ここ一番というところでは正しい航路にこだわらなければ、いずれ船は沈む。海が荒れているときは、なおさら」という一節がとても好きだ。彼女の自分に厳しい性格がよく表れているではないか。

ちなみに全体でいちばん好きなのは「舵を切る」で由美が溶接という仕事について聞かれて「山の中で星を眺めているみたいな気分になる」と答えるところ。本作を読んで改めて気づいたのだが、瀧羽はこうした一文でその人の持つ心情や、見ている景色を表現するのが巧い作家だと思う。くだくだと説明するのではなく、視界の一部を切り取って読者に見せることで、すべてを凝縮して伝えることができるのだ。本作を書くにあたって瀧羽は常石造船株式会社への取材を行ったという。その成果は存分に生かされており、各人が職場で何をしているのかが簡潔な文章で表現されているので、ぜひ味わって読んでもらいたい。「舵を切る」の組立課、「櫂を漕ぐ」の技術開発部各課の説明などいずれも見事。自社技術を生命線とするメーカーの物語だからここは絶対おろそかにできないし、職人の誠実さを美徳とする気風があることが強調されているからこそ「錨を上げる」のような継承をテーマとする物語が、すとんと読者の腑に落ちるのだ。

気に入ったことをたくさん書いた。本作で初めて瀧羽作品に触れるという方もいらっしゃると思うが、次に何を読もうかとお考えなら、ぜひ二〇二〇年の新作である『女神のサラダ』（光文社）をお試し願いたい。農業に関係する女性を主人公に据えた連作で、確かな取材力、主人公が見ている景色を読者に共有させる簡潔ながらも雄弁な表現といった美徳は同作でもしっかり発揮されている。農業を題材にした現代小説としても素晴らしい出来だ。

最後にもう一つだけお気に入りのことを書いてもいいだろうか。この小説の中では人事部に悪口を言う人が多数登場する。「優秀だって人事が言うから期待してたのに。あいつら、履歴書と筆記試験の結果しか見てないからな」（「波に挑む」）だとか。それらを読みながら、私は懐かしい気持ちでいっぱいになったのである。小説と直接の関係がないことを書くようで恐縮だが、私も実は人事部採用担当の経験者なのだ。それも北斗造船とは分野が違うが、同じメーカーの社員である。

ああ、そうそう。役に立たない奴ばかり採りやがって、と随分陰口を叩かれた。他の会社で同じことを言うかどうかは知らないが「三日三月三年」とよく言われていた。新入社員の辞め時のことで、入社後すぐに他の人生があったような気がして、試用期間が終わって本配属になったときに野村雄平のように不満を抱いて、最初の定期異動で自分を扱う会社のやり方に絶望して、それぞれ退職してしまうというのである。

そういうことが起きてしまうのは人間が単なる駒ではなく、意志を持って生きているからで、なるべく不幸な事態を招かないように、一人ひとりの社員の声を聞き、それぞれの職場について知って、どうすれば適材適所の人材配置ができるかを考えろとよく言われたものだ。他の社員からたぬき呼ばわりされる倉内人事部長は本作の重要な狂言回しになっているが、彼が自分の考えを直接吐露する場面はそれほどない。だが私は、彼に強く感情移入しながらこの小説を読んだのである。

社員は皆が一つの同じ船に乗り合わせているようなものだが、人事が関わるのは各人の配置を決めるところまでで、それぞれに全力を尽くせと命じることはできない。そのもどかしいありようを人事を半ば敵視する他部署からの、遠慮のない本音を交えながら書くことで、本作は会社という組織を客観的に描く視座を得た。登場人物たちとの間に程よい距離が保たれているので、読者はその誰とも公平に向き合うことになる。微笑ましく眺めたり、時には叱咤激励したりしながら、読書の間、彼らと人生を共有するのだ。同じ船に乗り、日和はどうかと空を見ながら、まだ見ぬ海原へと乗り出していく。

本作品の執筆にあたり、常石造船株式会社の皆様に、取材のご協力をいただきました。
あらためて御礼申し上げます。

著者

初出
海に出る　「小説宝石」二〇一五年五月号
舵を切る　「小説宝石」二〇一五年十一月号
錨を上げる　「小説宝石」二〇一六年二月号
櫂を漕ぐ　「小説宝石」二〇一六年五月号
波に挑む　「小説宝石」二〇一六年八月号
港に泊まる　「小説宝石」二〇一六年十一月号
船に乗る　「小説宝石」二〇一七年二月号

二〇一七年九月刊

光文社文庫

乗りかかった船
著者　瀧羽麻子

2020年11月20日　初版1刷発行

発行者　鈴木広和
印刷　堀内印刷
製本　ナショナル製本

発行所　株式会社　光文社
〒112-8011　東京都文京区音羽1-16-6
電話（03）5395-8149　編集部
8116　書籍販売部
8125　業務部

落丁本・乱丁本は業務部にご連絡くだされば、お取替えいたします。
ISBN978-4-334-79110-0　Printed in Japan

組版　萩原印刷